唐诗夸时记

怀君属秋夜

陆蓓容——编著

U0125358

浙江文艺出版社
Zhejiang Literature & Art Publishing House

图书在版编目(CIP)数据

唐诗岁时记. 怀君属秋夜 / 陆蓓容编著. —杭州：浙江文艺出版社，2023.8
ISBN 978-7-5339-7260-8

Ⅰ. ①唐… Ⅱ. ①陆… Ⅲ. ①唐诗-诗歌欣赏 Ⅳ. ①I207.227.42

中国国家版本馆CIP数据核字(2023)第102808号

策　　划　柳明晔　　数字编辑　姜梦冉　诸婧琦
责任编辑　徐　全　　封面设计　棱角视觉
责任校对　陈　玲　　版式设计　吕翡翠
营销编辑　余欣雅　　责任印制　吴春娟

唐诗岁时记·怀君属秋夜
陆蓓容　编著

出版发行　浙江文艺出版社
地　　址　杭州市体育场路347号
邮　　编　310006
电　　话　0571-85176953(总编办)
　　0571-85152727(市场部)
制　　版　浙江新华图文制作有限公司
印　　刷　浙江海虹彩色印务有限公司
开　　本　880毫米×1230毫米　1/32
字　　数　62千字
印　　张　6.5
版　　次　2023年8月第1版
印　　次　2023年8月第1次印刷
书　　号　ISBN 978-7-5339-7260-8
定　　价　56.00元

版权所有　侵权必究

前言

古人的岁首是元旦,春天则从立春开始。立,可以理解为“始”,立夏、立秋与立冬也是同理。

在春天刚刚来临的时刻,唐代的诗人们会有一点点惊讶和喜悦——杜审言就曾说,“偏惊物候新”。如若你略微熟悉文学传统,就能想到,这种情感一直绵亘到明代的戏曲之中——汤显祖让柳梦梅唱出了“惊春谁似我”。

中国幅员辽阔,风俗处处不同。可在节气的名字指引下,每当岁序轮回到这几个日子,大家心上都能产生一点微微的共振:那些熟悉的季节,以及与它伴生的感受,又将来到我们的生命之中。

从某种程度上说,正因为传统历法一直使用至今,与它密切相关的节气、节日传统也都绵延未绝,我们才有与古人共享一些知识和情怀的可能性,更有可能去理解一个“中国古代诗人”,在四季的阴晴雨雪中看什么,想什么,写什么。反过来想,也正因为每一代人积极、丰富和广泛的使用,才让这一套文化传统轻松地传承下去：前人也许真正依照岁时来安排年中行事，而后人至少还能借助文字，想象那种生活的滋味。

近年陆续编写了一些以唐诗宋词和历代古画为素材的日历。最初的设想，就是让文本与节令相契，绘画与文本相合，希望它们匹配得严密、真切而有趣。不过，这些窄窄的小册子都是一日诗词一日画，全年各占一半篇幅。若是每一日都共同呈现，翻阅实在不便，有负于它的“产品属性”。

五六年来，为选目而经眼的作品已不太少。也常想在诗词和绘画的陪伴下，完完整整地走过一年，以弥补过去那些“产品”的遗憾，因此动念做一本新书。日历的开本小，解说余地有限，不能处处分析古人的匠心。既是做书字数的限制少了，说理的空间就大。于是精选了我最喜欢的诗，先按岁序排列，再尝试讲了些典故为何恰切，对仗为何巧妙，同一主题如何各擅胜场，相似的表达手法怎么总能奏效。也尝试比着讲：春天和秋天里，谁用了同样的手法；同一类作品，白居易怎样直接，杜牧如何宛曲。尝试连起来讲：参与了永贞革新的诗人们，星散各地，各有名篇；李白寄愁心与明月之后，王昌龄醉别江楼。这些工作好似飞花摘叶，牵丝攀藤，我在那些清词丽句的迷宫里，重温了自己年少时的旧梦。

配画也有一些新的调整。历年积攒的古画图像越来越多，可以在不同选项里挑最好的。“停车坐爱枫林晚”，选陆治画的卡通小人儿。《夜宴左氏庄》，选检书、烧烛的真实场景。找到“落日照大旗”与“雪拥蓝关马不前”的真切诗意图；再找一些群众演员，去杜甫诗里打枣摘桃子。我在绘画世界里工作的时间，已经快和读诗的少年时代等长了。所以斗胆给每幅画加上了说明，根据不同的情况，或描述画面，或介绍作者、风格和作品价值。

到写这篇小引时，书籍的内容和形式都已做过好几遍调整，编辑与设计师付出了辛勤的劳动。它以年为单位，以四季来分册。我们都希望它像真正的日脚那样轻捷，不再与具体的某岁某时固定在一起。因此所有绑定了节气的日期，都是概念化的。如同大家耳熟能详的《节气歌》所言，它们可能偶尔会和今年、明年、后年的正日子偶尔“最多相差一两天”。

如果说这样的安排里也藏着一点奢望，那就是：这部小书能在眼下的岁时中停留久一点。但愿它有机会陪人走进一些唐诗里的岁时。

陆蓓容

癸卯夏至

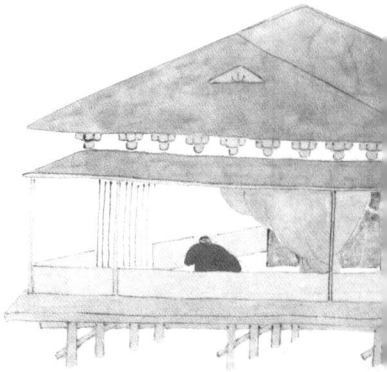

目录

004 天末怀李白
唐·杜甫

006 再因公事到骆口驿
唐·白居易

008 鹿柴
唐·王维

010 峨眉山月歌
唐·李白

012 楚江怀古
唐·马戴

014 咸阳城东楼
唐·许浑

016 咏怀古迹五首·其三
唐·杜甫

018 长干曲
唐·崔颢

020 秦州杂诗·其五
唐·杜甫

022 苏武庙
唐·温庭筠

024 秋夕
唐·杜牧

026 马嵬二首·其二
唐·李商隐

028 南邻
唐·杜甫

030 齐安郡中偶题二首·其二
唐·杜牧

032 咏史
唐·李商隐

036 秋日
唐·耿湋

038 秋兴八首·其一
唐·杜甫

040 莫种树
唐·李贺

042 临发崇让宅紫薇
唐·李商隐

044 宿建德江
唐·孟浩然

046 登北固山亭
唐·李涉

048 西塞山怀古
唐·刘禹锡

050 长沙过贾谊宅
唐·刘长卿

052 秦州杂诗·其七
唐·杜甫

054 柳
唐·李商隐

056 夜泊牛渚怀古
唐·李白

058 秋兴八首·其二
唐·杜甫

060 登乐游原
唐·杜牧

062 于易水送人
唐·骆宾王

064 后宫词
唐·白居易

066 题李凝幽居
唐·贾岛

070 月夜忆舍弟
唐·杜甫

072 月
唐·李商隐

074 月
唐·杜甫

076 早秋三首 · 其一
唐 · 许浑

078 观放白鹰
唐 · 李白

080 望洞庭
唐 · 刘禹锡

082 罢和州游建康
唐 · 刘禹锡

084 水宿闻雁
唐 · 李益

086 十五夜望月寄杜郎中
唐 · 王建

088 汉江临泛
唐 · 王维

090 吹笛
唐 · 杜甫

092 题金陵渡
唐 · 张祜

094 秋夜寄丘员外
唐 · 韦应物

096 山居秋暝
唐 · 王维

098 题桃树
唐 · 杜甫

100 听蜀僧濬弹琴
唐 · 李白

104 晚晴
唐 · 杜甫

106 望洞庭湖赠张丞相
唐 · 孟浩然

108 使至塞上
唐 · 王维

110 秋时送郑侍御
唐 · 张祜

112 将发
唐 · 李贺

114 夜宿湓浦逢崔升
唐 · 张祜

116 野老
唐 · 杜甫

118 秋扇词
唐·刘禹锡

120 秋词·其二
唐·刘禹锡

122 咏怀古迹五首·其一
唐·杜甫

124 晚次鄂州
唐·卢纶

126 瑶池
唐·李商隐

128 雁门太守行
唐·李贺

130 望喜驿别嘉陵江水二绝·其一
唐·李商隐

134 晚次宿预馆
唐·钱起

136 九月九日忆山东兄弟
唐·王维

138 行军九日思长安故园
唐·岑参

140 题红叶
宣宗宫人

142 叶落
唐·吴融

144 登高
唐·杜甫

146 山行
唐·杜牧

148 与诸子登岘山
唐·孟浩然

150 秋兴八首·其三
唐·杜甫

152 马诗二十三首·其五
唐·李贺

154 乱石
唐·李商隐

156 润州二首·其一
唐·杜牧

158 秋兴八首·其四
唐·杜甫

160 秋登宣城谢朓北楼
唐·李白

162 夜雨寄北
唐·李商隐

164 山中
唐·王勃

168 枫桥夜泊
唐·张继

170 沧浪峡
唐·许浑

172 又呈吴郎
唐·杜甫

174 题破山寺后禅院
唐·常建

176 题宣州开元寺水阁阁下宛溪夹溪居人
唐·杜牧

178 沙丘城下寄杜甫
唐·李白

180 野望
唐·王绩

182 暮秋独游曲江
唐·李商隐

184 自江陵沿流道中
唐·刘禹锡

186 捣衣
唐·杜甫

188 菊
唐·李商隐

190 八阵图
唐·杜甫

192 寄扬州韩绰判官
唐·杜牧

194 客中行
唐·李白

196 宿骆氏亭寄怀崔雍崔袞
唐·李商隐

秋

立秋

初候，凉风至。

其实依然很热，但凉风有信，年年此时。或者说，世人抱着渴盼，年年在此时的风里寻找一丝清凉——白居易就是这样坚定的人，他无数次写过『凉风』。

在无常的世界里，万事都『有信』该多好。然而，每一阵风，都吹着不一样的心情。

二候，白露降。

白露这样的名字，听起来就很凉快。

入秋，便是一年过半了。『看啊，又生出了白露；回家吧，漂泊的人。』

诗人们都喜欢这么说。

三候，寒蝉鸣。

夏蝉换作了秋蝉，诗人的心境也变了。说它是秋日寂寞的挽歌，客途上茫然的怅恨；或者是衰老的预警，孤独的象征。

而它只是尽力歌唱到最后时分。

天末怀李白

唐·杜甫

凉风起天末，君子意如何。

鸿雁几时到，江湖秋水多。

文章憎命达，魑魅喜人过。

应共冤魂语，投诗赠汨罗。

8月7日　立秋

古人认为每一个节气有三候，每候五天。大概可以理解为，自然节律每五天都会有一些新鲜的变化，这变化比节气更具体而细微一些。而立秋的第一候，正是“凉风至”。秋天到了，风里就有了凉意。

这时李白正在经历贬谪。秋日水深，鸿雁难飞，音信因而阻绝；高才遭嫉，千夫所指，不知他身在何方。杜甫猜，他大约正与屈原一样，写了诗扔进汨罗江中抒写冤情。

因为得不到李白的消息，此诗全从想象入手，而想象正是李白的强项。于是，诗篇一改杜诗的典型面貌，带着些李白式的飘逸浪漫，可字里行间又满溢着沉郁的友情。

◆ 魑魅：指贬谪了李白的那些人。

◆ 冤魂：指屈原。传说他投汨罗江而死。

宋·梁楷·太白行吟图轴

这是一张著名的人物画，构图简单，形象略带夸张。李白长什么样，不重要。重要的是他吟诗时的姿态，带点儿志得意满，还带点儿飘逸出尘。

再因公事到骆口驿

唐·白居易

今年到时夏云白，去年来时秋树红。

两度见山心有愧，皆因王事到山中。

8月8日

此诗作于元和二年（807），白居易时年三十六岁，任盩厔尉。其地南依秦岭，故而“见山”。诗意特别简单，只是说，匆匆一年过去，还是没能诚心诚意地来看山，对不起白云和红树，辜负了好风景。

想要保护纯粹的私人生活，不想永远为了公事汩没性灵，这是很合理的精神需求。说“有愧”，是对不起山吗？不，白居易只是觉得对不起劳碌的自己罢了。

◆ 骆口驿：在陕西盩厔 [zhōu zhì]（今周至县）。

◆ 王事：公事、政事。

清·华嵒·山水图册·十一

“夏云白，秋树红”，好风景从不等人去看，它们根本不是为了谁。

鹿柴

唐·王维

空山不见人，但闻人语响。

返景入深林，复照青苔上。

8月9日

这是一首关于空间的诗，它提醒我们万事万物彼此联系。只能听到人声，却见不到人影，才是一片空山。一声人语打破了岑寂，同时也衬托了这岑寂。只能见到青苔上的一方日影，却见不到太阳，才是一片深林。一片阳光打破了幽暗，同时也证明了这幽暗。

清·王原祁·仿古山水图册·七

请看题款——这是一幅诗意图。

峨眉山月歌

唐·李白

峨眉山月半轮秋，影入平羌江水流。

夜发清溪向三峡，思君不见下渝州。

8月10日

峨眉山、平羌江、清溪、三峡、渝州，都是唐代川西一带的地名。安排在短短一首七言绝句里，显得太过集中，小诗有沦为地图的危险。李白为什么敢这样做呢？

这取决于他描写的对象。月光无远弗届，水系则纵横交错，流动不息。半圆的月儿从峨眉山上升起来，照到江上、溪上、峡谷中，一直照到此行的终点站。孤独的人循着水路行走，过了一段又一段。这首诗不是一幅画，而是一段电影。所有的地名，都是月光与人一起到过的地方。

“月亮走，我也走”。可是，想念的人并没有一块儿走。这是一段孤独的旅程。

清·奚冈·仿各家山水图册·五

明月下，江水中，小船儿独自漂流。

楚江怀古

唐·马戴

露气寒光集，微阳下楚丘。

猿啼洞庭树，人在木兰舟。

广泽生明月，苍山夹乱流。

云中君不降，竟夕自悲秋。

8月11日

我们又一次读到了唐人对楚地的描写，也再度见证了典故对古代诗人的影响。马戴来到荆楚水国，惆怅不眠，写出了这首圆融流畅的佳作。自黄昏，至月上，他都在木船上漂荡，树上的猿声不断传来。大泽、明月、苍山、流水，一片水汽氤氲。他想到这儿是《楚辞》诞生的地方，想起了其中那些神仙人物。可是传说中的云神终宵不来。羁旅愁思，只能独自承担。

◆ 楚江：湘江。

◆ 云中君：《楚辞·九歌》有《云中君》篇，一般认为他是云神。

◆ 降，降临。

◆ 竟夕：整个晚上。

元·佚名·九歌图册·云中君

《楚辞》的文学传统影响悠远。毫不意外地，它也成了重要的绘画母题。传世的《九歌》图卷和图册有好几本，藏在世界各地的博物馆中，形式有一些区别。希望大家可以主动留心它们。

咸阳城东楼

唐·许浑

一上高城万里愁，蒹葭杨柳似汀洲。

溪云初起日沉阁，山雨欲来风满楼。

鸟下绿芜秦苑夕，蝉鸣黄叶汉宫秋。

行人莫问当年事，故国东来渭水流。

8月12日

许浑是晚唐时期最重要的诗人之一。与《谢亭送别》一样，这首诗也是他最为脍炙人口的名篇。

咸阳与唐都长安隔河相望。它本来是秦王朝的都城，而长安又曾是西汉的首都。这里城南有溪，城西正对慈佛寺阁。这些景象，今天说来，都是徒留在文献中的历史知识了。可在许浑登楼之际，却还是一片片亲眼可见的历史遗迹。

故而我们眼中的千古名句，于诗人只是信手拈来。他在王朝末世中登楼，看到江南故乡常见的蒹葭杨柳，却掩映着一片荒芜冷落的秦苑汉宫，兴衰之理不可追问。他目送斜阳在密云中落下，耳听风声带来山雨。这一切或许只是实景，却因恰到好处的安排，写出了风云变化的动势。尾联以历史不可追问，只有渭水千年如故作结，又与日落雨来的黄昏景象一起，恰巧喻示了唐王朝的衰亡。

清·袁耀·山雨欲来图轴

“山雨欲来风满楼”，后来几乎成为俗语，用以表示事情发生之前总会有前兆。同时，它也成了一个很好的画题，尤其适合那些擅长描绘亭台楼阁的画家。清代初年，袁江袁耀叔侄俩是这一类绘画的专家。这件作品非常出名，风在哪儿？在云里，树枝里，在被刮跑的扇子上，在闲谈者狂乱的发型中。

咏怀古迹五首 · 其三

唐 · 杜甫

群山万壑赴荆门，生长明妃尚有村。

一去紫台连朔漠，独留青冢向黄昏。

画图省识春风面，环佩空归月夜魂。

千载琵琶作胡语，分明怨恨曲中论。

8 月 13 日

与《诸将五首》一样，《咏怀古迹五首》也是杜甫七律组诗中的名作。前者写今世之事，后者写往古之人。此诗为组诗中的第三首，歌咏西汉时的美女王昭君。她的故乡村落犹在，然而王昭君生前成为政治牺牲品，不得不离开皇宫，远嫁沙漠；身后只留一座孤坟，唯有画像传世。传说她身处绝域时，常寄哀思于琵琶曲中。杜甫对她深抱同情。他说：千载以来，琵琶音律犹带胡地风貌，是她把一生的怨恨都倾注在其中了。

琵琶乐中，至今还有一曲《昭君怨》，请你也去听一听。

◆ 荆门：在湖北。王昭君是归州（今湖北秭归）人，别称明妃。

◆ 青冢：北地草皆白，唯独昭君墓上草青，故名为青冢。

清·费丹旭·昭君出塞图轴

画里的昭君，果然怀抱琵琶呢。

长干曲

唐·崔颢

下渚多风浪，
莲舟渐觉稀。
那能不相待，
独自逆潮归。

8月14日

这是一组同题的小诗，共有四首，此为其三。四首连读，是一位驾船女子试图结识男性同行的故事。前一首“君家何处住，妾住在横塘”，更为著名，我们都很熟悉。她主动提起话头，想和男船工攀一攀同乡。

水边风多浪急，采莲船渐渐少了。她很可能没有得到答案。搭讪失败，总是很羞恼的，于是不免有一句抱怨：“他怎么就不肯等等我，一个人逆着潮头，就这样驾船回去了？”

◆ 那能：怎么能。

清·石涛·山水图册·六

小人儿在一片莲花塘里，“独自逆潮归”了呢。

秦州杂诗 · 其五

唐 · 杜甫

南使宜天马，由来万匹强。

浮云连阵没，秋草遍山长。

闻说真龙种，仍残老骕骦。

哀鸣思战斗，迥立向苍苍。

8 月 15 日

秦州，即今甘肃天水。杜甫于唐肃宗乾元二年（759）秋弃官到秦州，滞留数月，作了这一组杂诗，都是五律，共二十首。

古代战争时，马的作用非常大，所以养马是重要的战备工作。南使所养的万匹骏马，已经在连年战争中折损良多。没有马，秋草已不再是“粮草”，所以长得又高又长。杜甫说，听说真正的好马并没有死尽，它们在哪里呢？大概是在一片苍茫中哀鸣着，还在盼着踏上战场。

杜甫自己，好像也是这样一匹马，哀鸣着度过了一生。

◆ 南使：旧说纷纭，现在有学者考证为专管监牧的官吏。有东南西北四使，南使当在今甘肃静宁一带。

◆ 龙种、骕骦：都是骏马名。这句是说，听说真正的好马并没有全部身亡。

清·钱沣·三马图轴

长松下，旷野中，三匹马迥立向苍苍。

苏武庙

唐·温庭筠

苏武魂销汉使前，古祠高树两茫然。

云边雁断胡天月，陇上羊归塞草烟。

回日楼台非甲帐，去时冠剑是丁年。

茂陵不见封侯印，空向秋波哭逝川。

8月16日

温庭筠在苏武的祠庙中怀想他，并不着力刻写十九年间的风刀霜剑，而是想象他回到汉朝之后，会如何抚今追昔。因此，他是在为苏武的余生感到惋惜。

其实，我们生活的世界，总是在变化的。只有“变化”本身，如滔滔秋水，永不停息。对苏武而言，人事变了，帝王变了。青春岁月白白抛掷，“忠爱之情”还能向哪儿倾注呢？

颈联以“丁”对“甲”，极见巧思，而又不着痕迹，非常精彩。这样精巧的对仗，既要求作者熟悉历史典故，知道“甲帐”的由来，又要求他聪明善思，对语言足够敏感，有丰富的语汇储备，能找出一个完美匹配的词。

大诗人往往拥有这样的能力，不独温庭筠为然。

◆ 甲帐：《北堂书钞》所引《汉武故事》中说，汉武帝用金银珠宝做了“甲帐”，其次者为“乙帐”。前者让神居住，后者自己住。苏武回到汉朝时，武帝早已去世，所以说再也没有“甲帐”了。

明·陈子和·苏武牧羊图轴

陈子和是福建浦城人，塑工出身，半路出家学画画，作品以水墨人物为主。画中的苏武双手抱胸，紧紧护住了自己。天寒地冻，他在和山羊们一起苦苦煎熬。

历史人物故事画原有悠久的传统。在文人的世界之外，画工们创造了大量这样的形象，买画的人看得懂，也喜欢。

秋夕

唐·杜牧

银烛秋光冷画屏，轻罗小扇扑流萤。

天阶夜色凉如水，卧看牵牛织女星。

8月17日

此诗写宫女独处的一个秋夜。先写动，再写静，从夜幕降临写到夜深。深宫寂寞，唯有流萤；夜再深时，只剩满天繁星。独独拈出“牵牛织女”，是因为深宫女子，连像牵牛织女那样年年与情人相会的机会都没有。她只能在仰望中度过漫漫长夜。

又到七夕了，请去看一看天空，找一找牵牛织女星。

清·闵贞·纨扇仕女图轴

“轻罗小扇”，画得多么通透，扇面后露出了原有的衣纹。

马嵬二首 · 其二

唐 · 李商隐

海外徒闻更九州，他生未卜此生休。

空闻虎旅传宵柝，无复鸡人报晓筹。

此日六军同驻马，当时七夕笑牵牛。

如何四纪为天子，不及卢家有莫愁。

8 月 18 日

七夕是传说中牛郎织女相会的日子，而这个传说影响了很多后人。相传唐玄宗与杨贵妃就曾在这一天夜里许下长相厮守的誓言。

所以李商隐咏史，便从唐玄宗的爱情故事写起。莫愁是一位活在文学传统中的女子，六朝诗歌多及之。最著名的一首，写她嫁到卢家，婚姻美满。诗里说，唐玄宗当了四十多年皇帝，在马嵬坡赐死杨贵妃，自己遁走蜀中，还比不上卢家儿郎，能与莫愁白头偕老。注意颈联用“六军”对“七夕”，“驻马”对“牵牛”，也与“甲帐”对“丁年”一样，是唐人七律中最为精整的名句。

曾经七月七日长生殿，山盟海誓；到底他生未卜此生休，阴阳两隔。好诗必然胜意纷繁，千头万绪。有讽刺，也有同情。

◆ 鸡人：指报时警夜之人。与“虎旅”一样，本来都是春秋时期周王朝的职位。

◆ 四纪：岁星十二年一周天为一纪。这里是约数，指唐玄宗当了四十多年皇帝。

明·佚名·千秋绝艳图卷·杨贵妃

手握玉环的杨贵妃，身姿并不丰满。因为画她的人早已远离了唐朝，有了完全不一样的审美观。

南邻

唐·杜甫

锦里先生乌角巾，园收芋粟未全贫。

惯看宾客儿童喜，得食阶除鸟雀驯。

秋水才深四五尺，野航恰受两三人。

白沙翠竹江村暮，相送柴门月色新。

8月19日

七言律诗自有一种神完气足的形式美。杜甫最擅长应用这种形式，哪怕写与邻居出游这样的小事，也把铺叙、对仗发挥到极致。写这位邻人的家庭与性情，全用侧笔。他有些产业，不太贫穷，喜欢孩子，爱护动物，大约是位和善人儿。

杜甫很愿意与这位邻居一起玩。于是大家乘船去江上逛一圈。“才”是转折，说明水很浅；“恰”又托住，说明小船儿载的分量恰好，刚好能在浅水里漂浮起来。于是我们看到了这样一幅画面：两三人乘着小舟，荡漾在四五尺深的秋水里，直到明月满江，各自归家。

◆ 乌角巾：黑色有折角的头巾。常为隐士所戴。

◆ 看 [kān]：在诗词中，看字是平仄两读字，这里读第一声。

◆ 野航：指农家小船。

清·王时敏·杜甫诗意图册·二

古人非常爱杜甫。目前存世的杜甫诗意图非常多。王时敏这一套，设色精美，构图饱满，严格反映诗意，是他最好的作品。看，诗句题写在左侧空处，月亮高挂在中天，两个小人儿正在柴门前作揖相别。

齐安郡中偶题二首 · 其二

唐 · 杜牧

秋声无不搅离心，

梦泽蒹葭楚雨深。

自滴阶前大梧叶，

干君何事动哀吟。

8 月 20 日

洞庭湖区从前是一片水国。所以从《楚辞》开始，歌咏那里的诗篇，总是带着氤氲的水汽。这些水汽有些来自江湖，有些来自雨水。秋雨深而密，牵动离愁，搅得人无法安静，只能起立吟诗。它却无辜起来，像人一样反问道：“我只管打湿那些梧桐叶，关你何事呢？怎么就多愁善感地哀吟起来？”

梧桐夜雨是现实，也是历史悠久的文学意象。有时候，诗人从历史里学到的，远胜于自然。

◆ 干：关联，牵涉。

清·高岑·仿古山水册·九

阶前三株树，都是梧桐。

咏史

唐·李商隐

北湖南埭水漫漫，

一片降旗百尺竿。

三百年间同晓梦，

钟山何处有龙盘。

8月21日

南京是六朝古都。玄武湖、鸡鸣埭，都是历代帝王游行之处，也是水军练兵的地方。可是终究不济事，陈朝到底还是向隋军投降。回首孙吴以来，三百年间王朝迭代，都如一梦。问“钟山何处有龙盘”，就是在质问：一个王朝怎么能只靠险要的地势来保住自己？也就是在批评六朝帝王的一味偏安。

七言绝句空间有限。二十八字之内，句句转折，字字辛辣，这就是作者的本领。

◆ 北湖：指南京玄武湖。六朝时，那里曾为水军演习之所。

◆ 南埭：即鸡鸣埭。埭，堵水的土坝。

◆ 龙盘：传说诸葛亮曾言，南京地势险要，“钟山龙蟠，石城虎踞”，是帝王之宅。

清·叶欣·钟山图卷（局部）

清初有八位活动在南京一带的艺术家，被后人称为“金陵八家”。他们留下了不少描绘南京地区山水风光的作品。叶欣就是他们中的一位。

处暑

初候，鹰乃祭鸟。

鹰捕猎成功，也不急着吃，要先行祭祀，以表示不忘本。是否觉得这条记录似曾相识？没错，春天雨水时节，也有『獭祭鱼』的记录。在祭祀礼节极为重要的时代，人们不免用自己熟悉的行为去理解自然现象，他们并不觉得这样会谬以千里。

二候，天地始肃。

天地变得清静，气氛渐渐肃然，乃至于转向萧条了。

所有诗人的生物钟都响了起来。那些宜于怀古、送别、登山、拾叶、写信、思乡和回忆往事的日子，在一丝伤感和凝重之中，到来了。

三候，禾乃登。

记得些物候，当然有益于读诗。新谷子收获了，就让人想起『开轩面场圃，把酒话桑麻』。

秋日

唐·耿湋

反照入闾巷，

忧来与谁语。

古道无人行，

秋风动禾黍。

8月22日　处暑

处暑到了，又是谷物收成的季节。斜阳照进深巷，黄昏使人惆怅。不知可以告诉谁，因为周遭空无人迹，只有禾苗在风里摇荡。

- 反照：夕阳的反光。
- 闾巷：里巷。闾，里巷的大门。
- 禾黍：禾与黍，泛指各种粮食作物。

清·蓝涛·杂画册·四

谷物累累结实，虫儿得到饱餐。小诗末句，题写在画面右上端。

秋兴八首 · 其一

唐 · 杜甫

玉露凋伤枫树林，巫山巫峡气萧森。

江间波浪兼天涌，塞上风云接地阴。

丛菊两开他日泪，孤舟一系故园心。

寒衣处处催刀尺，白帝城高急暮砧。

8 月 23 日

《秋兴八首》是一组伟大的七律。作者开拓了一种叫“联章”的新手法，八首之间都暗藏着思维线索，彼此联系，前后呼应；最终八篇一贯，神完气足。这些作品语义精微而丰富，句式灵活而多变。它们既有动人的诗意，也对诗歌的语言和文体做出了新的贡献。杜甫创作它们时，用尽了一个优秀诗人的自觉。

本篇是八章之首，围绕一个“秋”字，大做文章。杜甫是在夔州的万山之中，从高处俯瞰世界。他看到山川连绵，秋气淋漓，霜露俱下，枫林红透；看到江水弥天，阴云成阵，寒菊摇曳，孤舟漂荡。在这一片搅动风云，震撼人心的秋色里，他想到战乱未息，故乡远隔，悲慨不已。

伟大作品总是众美兼备。本篇取景壮阔而悲凉，是杜诗的典型面貌；以夔州秋景开端，近切眼前，远映长安，又是八首诗恢弘的开端。

宋·赵芾·江山万里图卷（局部）

“江间波浪兼天涌，塞上风云接地阴”。实话说，这样壮阔的风景并不罕见。只是普通人难以像杜甫那样，将它形诸语言。

莫种树

唐·李贺

园中莫种树，种树四时愁。

独睡南床月，今秋似去秋。

8月24日

树是会生长变化的。叶子春生夏绿，秋落冬枯。树又是不会移动的，年年都在窗外。每一次感到忧愁，都会看见树；又好像是它的形貌变化，唤起了一次次的忧愁。

这一年秋天的忧愁，是为了什么呢？是因为树已经变过一轮，人还和去年一样碌碌无成，茕茕独处吗？还是因为今年的树又要像去年一样准备落叶了，那孤寂落寞的季节，又要来到眼前？

于有限的空间中，写出一言难尽的哀愁，真是令人感动。

清·叶欣·山水图册·三

小人儿半卧在回廊下。小屋闲园，曲径流水，都在一片松荫里。

临发崇让宅紫薇

唐·李商隐

一树浓姿独看来，秋庭暮雨类轻埃。

不先摇落应为有，已欲别离休更开。

桃绶含情依露井，柳绵相忆隔章台。

天涯地角同荣谢，岂要移根上苑栽。

8月25日

李商隐要离开洛阳了。离别之际，花事落寞，但紫薇还开得很好，它正是此时此际的花儿，与桃花柳絮都不同时，只能隔着季节遥遥相望。不过，无论生在哪里，花总是一样会盛开，也一样会凋谢。所以作者最后发出了这样的议论：节序有常，运命不可改易，花开在哪儿都一样，又何必非要栽种在清贵官署之中？

这当然是借花写人。端居也好，漂泊也好，谁不是从幼年开始长大，有过顺利的日子，也经历过挫折，就这样慢慢成人，渐渐老去？

◆ 崇让宅：李商隐的岳父王茂元家在洛阳崇让坊中，故称。

清·恽寿平·花卉册·三

紫薇花开了，可远不止紫色一种。请你们在生活中细细留心。

宿建德江

唐 · 孟浩然

移舟泊烟渚，日暮客愁新。

野旷天低树，江清月近人。

8 月 26 日

此诗好在含蓄而精练。小船儿停泊在岸边，船上的人因日暮而满怀愁思。这愁，明面上的理由是作客他乡；而不可言说的部分，则与黄昏有关。“一天又要过去了”，这简单的念头，本身就会使人怅然若失。

作者孤孤单单，无法倾诉。于是转而去看风景。“低”与“近”都带一点意动用法，郊野平旷，仿佛是天把树压低了；江水清澈，波心月挨近了船上人。

明·董其昌·山水册·六

小诗题写在画面左上端。

登北固山亭

唐·李涉

海绕重山江抱城，隋家宫苑此分明。

居人不觉三吴恨，却笑关河又战争。

8月27日

北固山在江苏镇江，下临长江，地势险要，是兵家必争之地。芒种时节，我们已经在诗和画里见过了它。这一带历史悠久，自三国至隋，王朝不断更迭。住在这儿的老百姓却并不都懂得历史，不记得曾经发生过的事。他们竟然能笑着谈论眼下的新战争。

李涉大约是唐德宗至文宗时代的人。那时藩镇四起，兵连祸结，泾原之变时，卢龙节度使朱泚曾经称帝建国。“太阳底下无新事”，谁能听到诗人沉痛的叹息？

◆ 三吴：也泛指长江中下游一带。

明·张风·北固烟柳图轴

这是另一种风格的北固山。逸笔草草，水墨淋漓，不求形似。

西塞山怀古

唐·刘禹锡

王濬楼船下益州，金陵王气黯然收。

千寻铁锁沉江底，一片降幡出石头。

人世几回伤往事，山形依旧枕寒流。

今逢四海为家日，故垒萧萧芦荻秋。

8月28日

王濬是西晋时的名将，曾为益州刺史，请命攻伐东吴，吴国末代皇帝孙皓就此投降。西塞山位于湖北黄石，是长江弯道所经。孙皓曾令人在长江中拉起大铁链，拦截王濬船队，但失败了。

前四句写王濬伐吴时的情形，沿长江顺流而下，一气呵成。好像楼船出发时，孙皓的命运就已经注定；仿佛铁锁拦截的战略一旦失败，投降的旗帜就挂上了城头。后四句切入怀古主题，颈联是说，这样悲壮的故事，在历史上不知道发生了多少次。万事万物都在奔腾变化，只有江水和山峰永远不改旧貌。尾联是说，如今自己四海为家，只见当年故垒都已倾颓，空余下芦荻萧萧，摇曳在秋风中。

结句或许暗喻中唐以后藩镇割据的局面，遂有吊古伤今之意。

◆ 王濬[jùn]：西晋名将，曾为益州刺史，请命攻伐东吴，吴国末代皇帝孙皓就此投降。
◆ 寻：长度单位。“千寻”的“寻”，就是杜诗“酒债寻常行处有，人生七十古来稀”里的“寻”。
◆ 降幡：投降的旗帜。

明·文伯仁·金陵山水册·石头城

这就是“一片降幡出石头”的那座要塞。到了明代，它已成为一处具有历史感的胜地，进入了画家的视野。

长沙过贾谊宅

唐·刘长卿

三年谪宦此栖迟，万古惟留楚客悲。

秋草独寻人去后，寒林空见日斜时。

汉文有道恩犹薄，湘水无情吊岂知。

寂寂江山摇落处，怜君何事到天涯。

8月29日

诗题为《长沙过贾谊宅》，自然要严格地紧扣贬谪与故居两个主题。前四句写“宅”，并不难懂：找来找去，人已永逝，只剩下一片秋草寒林。后四句写贬谪。世传汉文帝是有道明君，可是对文臣依旧寡恩；湘水无情，此时再来凭吊，贾谊本人也不可能知道了。正是秋日，江山一片肃杀，多么令人惆怅啊！而贾谊当年，正是在这样的惆怅里，独自来到了这片天涯。

迁客骚人，古今同慨。刘长卿凭吊贾谊，何尝不是在同情自己？毕竟他当日也身在长沙。

◆ 贾谊：西汉初年著名的文学家，曾忤怒汉文帝，被贬为长沙王太傅，世称“贾长沙”。三年后文帝又召回了他。还记得五月份学过的李商隐的《贾生》吗？看，同一个故事打动过多少不同的诗人。

◆ 楚客：本指屈原，后来泛指客居他乡之人。

清·黎简·山水册·三

画中人独坐在秋草中，大石上。远方一抹斜阳，半个身子已在山下，“寒林空见日斜时”。

秦州杂诗 · 其七

唐 · 杜甫

莽莽万重山，孤城山谷间。

无风云出塞，不夜月临关。

属国归何晚，楼兰斩未还。

烟尘独长望，衰飒正摧颜。

8 月 30 日

此诗作于唐肃宗乾元二年（759）。这一年，关中大饥，夏秋之间，杜甫辞官携家人暂居秦州（今甘肃天水），约有四个月。那里山脉连绵，又是边境，故而荒凉空阔，但见群山峻岭，巍然不动，云遮月照，渺无人声，仿佛是一座空城。当时吐蕃叛乱，久久不靖。杜甫的心也像城市一样空空荡荡，因为胜利的消息始终没有传来。

◆ 属国：汉武帝时，苏武出使匈奴，十九年而归，被封为“典属国”。这句是说，派使者去谈判，久无消息。

◆ 楼兰：古西域国名，遗址在今新疆罗布泊附近。汉昭帝曾派傅介子出兵，斩楼兰王而归。这句是说，出兵攻打，亦未能成功。

明·文徵明·山水图册·六

小人儿坐在右下角，“烟尘独长望”。与他相对，左上角有勾皴的山，淡墨的山，浓墨的山……“莽莽万重山”。

柳

唐·李商隐

曾逐东风拂舞筵，乐游春苑断肠天。

如何肯到清秋日，已带斜阳又带蝉。

8月31日

李商隐咏物，都有寄托。他怀着无尽深情，发出探问：柳树啊，你曾在春日里于高地飘荡，与舞者们共享阵阵春风。你见过美好繁盛，让人销魂的春光。你怎么甘心让自己凋零在秋日里，带着斜阳的余晖，还带着几只哀叫的秋蝉？

如同本月二十五日读过的《临发崇让宅紫薇》一样，此篇写柳，也是借柳的由盛到衰，写人的自壮至老。是啊，经过了蓬勃向上的少年时代，谁又忍心顿然老去呢？

◆ 逐：追着。说柳枝追着东风，是一种拟人手法。
◆ 舞筵：舞蹈时铺地用的席子或地毯。
◆ 乐游春苑：即乐游原，在长安城南，是一片高地，唐人很喜欢到那里游赏。
◆ 断肠：犹言销魂。春日太美好，太动人，令人神魂颠倒。

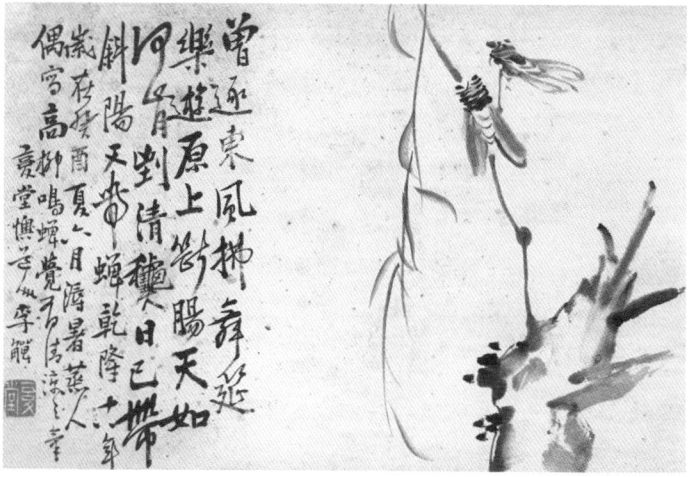

清·李鱓·花鸟册·七

李鱓是扬州八怪之一，画风率性。这一幅当然可以视为诗意图，不过诗和画的“占地面积”已很接近，我们应当把文字部分也当作图像看待。那些拙重可爱的书迹，与柳枝上的知了一起，都在向诗人致敬。

夜泊牛渚怀古

唐·李白

牛渚西江夜，青天无片云。

登舟望秋月，空忆谢将军。

余亦能高咏，斯人不可闻。

明朝挂帆去，枫叶落纷纷。

9月1日

李白一生都钦慕谢尚，东晋已矣，牛渚仍在，风流人物却都不见，字里行间都是怅然。这首诗打破了五言律诗的一般规律，颔联、颈联都不对仗。全篇只写袁宏遇到谢尚的故事，虽是借以感慨自己空有才华，无人欣赏，但含蓄而潇洒，毫无卑怯之感：既然“谢将军听不到我的诗句”，明天就扬帆离去吧。

破空而来，倏然而止，无怪前人赞美这首诗是“羚羊挂角，无迹可寻”。

◆ 牛渚：在今安徽当涂长江边。东晋时，谢尚为镇西将军，镇守其地，常往夜游。某次恰逢高士袁宏在船上讽咏文章，声音清亮，文辞优美，谢尚很是佩服，邀请他聊了一夜。李白所怀的“古”，就是这件事。

（传）明·唐寅·苇渚醉渔图轴

如同许多小诗人模仿名家创作，小画家也会模仿伟大艺术家。从水平看，这幅画离真正的唐寅名作还有些距离，但不失为忠实于其风格的作品。秋月在天，小船儿泊在水上。只是再也没有谢将军。

秋兴八首 · 其二

唐 · 杜甫

夔府孤城落日斜，每依南斗望京华。

听猿实下三声泪，奉使虚随八月槎。

画省香炉违伏枕，山楼粉堞隐悲笳。

请看石上藤萝月，已映洲前芦荻花。

9月2日

杜甫身在夔州，日日怀念长安，又从一个怅望的黄昏，熬到了不寐的夜。传说猿声能催人泪下，如今听到，真的哭了起来；传说八月乘槎尚不失期，他只想知道，自己为什么还是不能回到长安！他怀念着尚书省的炉香，却久已睽违；如今徒然趴在枕头上，听着白帝城外的胡笳。他分明知道时间是怎样点点滴滴流逝的，还邀请读者一起看——今夜的明月，已经从低矮的藤萝上越过，升上天空，照到了水边的一片芦花。

“请看”一句，非常感人。他几乎在向我们呐喊：这一点一滴过去的时光，是我朝朝暮暮徒然消耗的生命啊。

◆ 八月槎：出自晋代张华《博物志》。传说天河与海相通，年年八月有小船漂浮来去，从不误时。后借喻如期来往的船。

◆ 画省：指尚书省，汉尚书省以胡粉涂壁，画古烈士像，故称。杜甫曾经在尚书省任职。

◆ 堞：指白帝城上的短墙。

清·王时敏·杜甫诗意图册·六

王时敏这一套诗意图，严格遵守原诗意蕴，只用典型的个人风格来展现他对原作的理解。藤萝月，芦荻花，都在眼中。

登乐游原

唐·杜牧

长空澹澹孤鸟没，

万古销沉向此中。

看取汉家何事业，

五陵无树起秋风。

9月3日

阅读古诗词时，要精读优秀选本，也要争取浏览著名诗人的全集，把握他们的全貌：我们熟悉杜牧风流浪漫的一面，却不大有机会读到他清醒而悲哀的诗。在高高的乐游原上向远处眺望，但见一只鸟儿孤独地飞向苍茫世界，终于看不见了。一代代人也是如此，在命运之海里颠簸浮沉。于是他问：帝王贵胄的坟墓尚且荒芜，连棵树也留不下来。哪有什么能够永恒？诗人激动又难过，几乎要哭了。

◆ 乐游原：长安（今陕西西安）是汉唐两朝都城，乐游原故址在城南，地势颇高，曾是游览胜地。

◆ 澹澹：广阔无边的样子。

◆ 五陵：原指五位汉代帝王的陵墓，后来成为地名，称五陵原，均在渭水北岸今陕西咸阳市附近。具体指汉高祖刘邦长陵，惠帝刘盈安陵，景帝刘启阳陵，武帝刘彻茂陵和昭帝刘弗陵平陵。

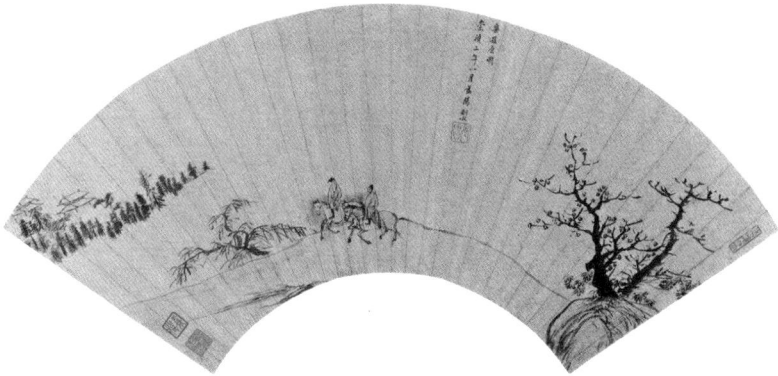

明·程嘉燧·乐游原图扇页

近景两人骑马，着唐人衣冠。左右各一株秋树萧萧。远景只在扇面左侧，宫殿巍峨。此外是一片空空荡荡的平野。汉代帝王的五座陵墓——以及汉朝的辉煌历史——就在这虚空之中。

于易水送人

唐·骆宾王

此地别燕丹，

壮士发冲冠。

昔时人已没，

今日水犹寒。

9月4日

战国末期卫国人荆轲，受燕太子丹所托，前往秦国刺杀嬴政。所有人都知道，此行无论成败，荆轲必定无法生还了。所以临别之际，太子丹及宾客都穿着白衣，在易水边为他送行。荆轲唱着“风萧萧兮易水寒，壮士一去兮不复还”，远行而去。这个故事记载在《史记》中。

转眼到了初唐，骆宾王又来此处送行。说是送人，实则近于怀古。英雄的往事已不可追，易水依然是一道寒流。

清·吴历·人物故事图册·荆轲

这套《人物故事图册》，画的都是史书中的人物故事。图中一幕正是荆轲出发时的场景。

后宫词

唐·白居易

泪湿罗巾梦不成，
夜深前殿按歌声。
红颜未老恩先断，
斜倚熏笼坐到明。

9月5日

唐代颇有些宫怨主题的作品，基调以同情为主，白居易也创作了不少，而这是最著名的一首。深宫女子没有自由，要么期待着承宠，要么哀叹失宠，因为她们的一生，已经没有其他可能。这首诗层层深入，递进与转折相兼。说“梦不成”，便知道她又迎来了一个无眠的夜；说“按歌声”，更确信帝王已经有了新欢，自己已经没有希望。

这是一片凄凉的黑夜。从君王的前殿到她的居所，要走过几重宫阙呢？这深宫究竟有多广大呢？在深广的囚笼与无边的寂寞里，她的依靠居然只是一架熏笼。

◆ 按歌：按音乐而歌。

◆ 熏笼：与熏炉配套使用的笼子，古人常用这套工具熏香、烘烤衣服、取暖。

明·陈洪绶·斜倚熏笼图轴

“斜倚熏笼坐到明”，这几乎是陈洪绶笔下最为优美的人物画了。画中的意蕴分明比诗里更多：她有了孩子，由侍女领着玩耍；屋里挂着一架鹦鹉，她仰着脸，听它说话，打发时间。

题李凝幽居

唐·贾岛

闲居少邻并，草径入荒园。

鸟宿池边树，僧敲月下门。

过桥分野色，移石动云根。

暂去还来此，幽期不负言。

9月6日

这首诗与“推敲”的典故一起流芳百世，而它本身的好处却少有人愿意体会。其实本诗在扣题方面就很严格。既为幽居，就要突出李凝居所的荒僻与沉静。那里少有邻居，夜幕已经垂落，鸟都安睡，云气野色相映成趣。完全没有声音的时候，未必能感到静谧；是和尚的敲门声反衬了这静谧，让这个小世界更加岑寂。

末尾两句也很可爱，像是留给主人的便条：你既不在，我就回家啦。下次再来，绝不失言。如此平实温和的结尾，正不负一片静谧风光。

◆ 邻并：邻居。

明·盛茂烨·唐人诗意图册·三

“鸟宿池边树，僧敲月下门”，和尚的背影分明在画中央。

白露

初候，鸿雁来。

大雁一路向南飞，来到了我们眼前。诗人有时候相信它在替远隔千里的人们捎信，有时候又抱怨它并没有把那封牵挂良久的家书带来。还有些时候，他们惋惜雁也飞走了，只留下『星月满空江』。

二候，玄鸟归。

燕子也往南方飞去了。大雁在前，诗人还会注意小小的它吗？当然。杜甫眼巴巴地看，『清秋燕子故飞飞』。司空图殷勤地说，留下吧，『何必千岩万水归』。

三候，群鸟养羞。

羞，就是粮食。鸟儿为过冬做准备，储藏食物的劳作开始了。

月夜忆舍弟

唐·杜甫

戍鼓断人行，秋边一雁声。

露从今夜白，月是故乡明。

有弟皆分散，无家问死生。

寄书长不达，况乃未休兵。

9月7日　白露

白露到了。杜甫在明月下，听到了戍鼓声与雁鸣声。古人曾以成行的大雁譬喻兄弟，而这只孤雁提醒杜甫，他和弟弟们分开太久了。

颔联把“白露”“明月”两词拆开，安顿在诗句的开头和结尾，非有高超的语言组织能力不可，也是律诗中的创格。同时，这一联还是“无理而妙”的代表，哪有真正白色的露水呢？哪有在某一夜格外明亮的月光呢？不过是真正的秋意开始弥漫，使他猛然意识到，自己又一年没能返回故乡。

“月夜”与“舍弟”，是诗题里的两个要素。于是颈联把视野从高高的天空中收回来，落在满目疮痍的大地上。杜甫有三弟一妹，因战乱各自分别。亲人们都不在一起，自然没有家了，到哪里去问他们的音信呢？写信总是很难寄到，已经非常悲惨。最后收笔，又用“况乃”二字，重重渲染，让憾恨更痛切深沉。

清·吴历·仿古山水图册·一

画家的匠心真可爱：只有一只大雁在秋夜中起飞，大片的留白都是为了它。

月

唐·李商隐

过水穿楼触处明，藏人带树远含清。

初生欲缺虚惆怅，未必圆时即有情。

9月8日

“月是故乡明”，是一笔直写；放在整篇之中，恰到好处。可若要通篇描写月亮，光靠直笔远远不够。李商隐是个聪明人，这首小诗的前两笔，都是虚写。他尽力描摹月下的景物，水和楼都更明亮了，人和树都更清澈了。于是，我们反着想一想，就能猜到那月光多么澄澈又温柔。

后两笔转为实写，却仍不是写月亮，而写望月的人如何想。初生的弦月幼弱细瘦，令人怅惋。可“怅惋”只是人的感情投射在月亮上罢了。作者最后问：难道圆月就会有情于人间吗？于是，我们又顺着想一想，得到了答案。

明·彭年、钱谷·书画合璧卷（局部）

看画儿，水底正有一轮明月。有人倚杖靠门，望着它。

月

唐·杜甫

天上秋期近，人间月影清。

入河蟾不没，捣药兔长生。

只益丹心苦，能添白发明。

干戈知满地，休照国西营。

9月9日

旧注以为此诗当作于至德二年（757）七月，当时正逢安史之乱，两京尚未收复，唐军一度战败，驻扎在武功县。

比较唐人的“同题写作”，很有意思。同是写月，同样虚虚实实，五律比七绝要多些空间。对于这首诗，明末清初的金圣叹的解读最佳。他说，一二两句，是写见月。三四两句，是在赞月，赞叹它长生不老，永不消失。五六两句，是在骂月，因为它无情无义，照着这个充满了苦难的人世，照着一个忧愁痛苦、白白衰老的诗人。七八两句，是在“戒月”——告诫它，请不要这样无私地朗照下界了，至少不要照到军营里，让兵士们望而生悲。那里的许多战士，这个秋天还无法归家。

◆ 蟾、兔：一些古人相信月亮里住着一只蛤蟆，另一些相信兔子才是月宫的常客。这些信仰的来源都比较早，且不完全一致。

清·程邃·山水图册·十

“天上秋期近，人间月影清”，诗句题写在画面左端。

早秋三首 · 其一

唐 · 许浑

遥夜泛清瑟，西风生翠萝。

残萤栖玉露，早雁拂金河。

高树晓还密，远山晴更多。

淮南一叶下，自觉洞庭波。

9 月 10 日

自夜至晨，早秋在一切细节里。晚上空气清新，西风初起；凌晨残萤犹在，早雁低飞。早晨天光大亮，分明看见乔木的树叶还很浓密，远山一片晴朗。

《楚辞》与《淮南子》中，都有一叶落而知天下秋的典故，结句妙在精巧地化用了它们，却不刻意。毕竟，早秋时节，零星的落叶该是实景。尽管此刻一切都还劲健清新，可只要第一片树叶开始飘落，就能使人想到岁华终将向晚，秋风又要搅动烟波。

◆ 清瑟：有两解。可以指清亮的瑟声，也可以指清新鲜明的感觉。

◆ 金河：即银河，古代五行观念认为秋天属金，所以这样说。

明·盛茂烨·唐人诗意图册·一

“高树晓还密，远山晴更多”，小人儿在船上漂荡着，欣赏秋光。

观放白鹰

唐·李白

八月边风高，

胡鹰白锦毛。

孤飞一片雪，

百里见秋毫。

9月11日

猛禽高飞的姿态十分鲜活：秋日高风托起了它，边疆旷野映衬着它。平旷而渺远的大地上，有人抬起头来仰望着它。空气明净，四野开阔，它的身子白如雪，飞得再远也纤毫毕现。

五言绝句如此短小，如果一味咏物，空间常常不够。所以作者毫不犹豫地选择了夸张。事实上，“秋毫”恐怕不可见，就连“一片雪”恐怕也难以定位。可如此强调，就突出了它的矫健和鲜洁。

◆ 秋毫：鸟兽在秋天新长出来的细毛。

清·迟煓·鹰图轴

“一片雪”停下了，请大家仔细数秋毫！

望洞庭

唐·刘禹锡

湖光秋月两相和，潭面无风镜未磨。

遥望洞庭山水翠，白银盘里一青螺。

9月12日

刘禹锡这首诗作于其任和州刺史之前，即唐穆宗长庆四年（824），当时他正要从重庆去往安徽。

他必定是在很高的地方俯瞰着，所以见到湖光与秋月相互映衬，水面细波泠泠，像一块没有磨平的大镜子。这比喻已经很新巧了，可还未足以描摹整个儿的风光。于是他又说：看那远处的小山尖，就像银盘里的一颗青螺。

唐人歌咏洞庭湖的诗篇非常多。要知道，诗人们也是有竞争压力的，不能抄袭，只能一再地超越前人。湖水已经被描写了太多次，刘禹锡另辟蹊径，引我们眺望湖心的一点君山。这首诗是它的高光时刻。平视它，宛在水中，风姿楚楚；俯视它，像造化的点缀，纤巧玲珑。

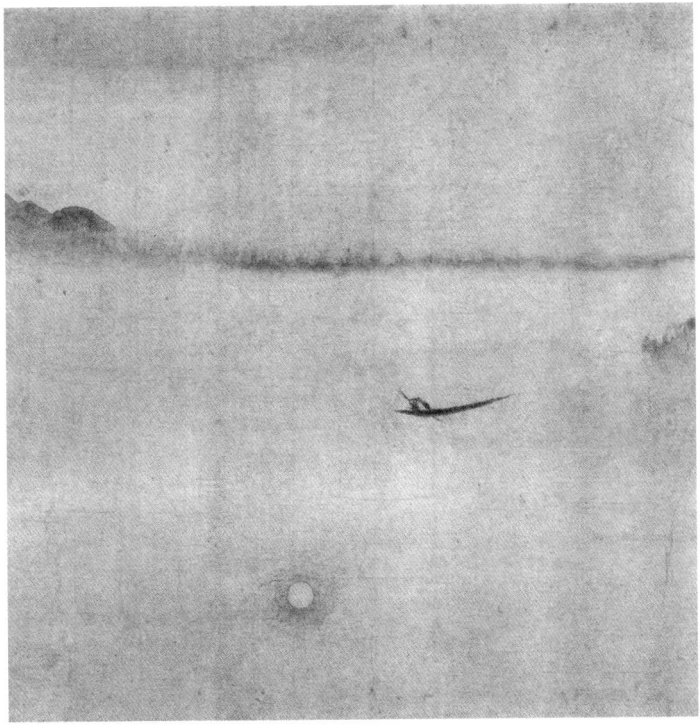

（传）宋·牧溪·洞庭秋月图页（局部）

好风景打动诗人，也打动画家。洞庭山水，在每一个人心中。

罢和州游建康

唐·刘禹锡

秋水清无力，寒山暮多思。

官闲不计程，遍上南朝寺。

9月13日

和州，在今安徽和县、含山县一带。长庆四年（824），刘禹锡从夔州转任和州刺史，路上经过洞庭湖，写下了《望洞庭》。三年后是大和元年（827），他改官主客郎中分司东都，又要启程了。建康是南京的别称，离安徽不远。从诗题来看，此篇应作于改官之时。看，“行万里路”，确实有助于作诗。

罢官之后，公务暂歇，终于不用按着期限赶路，这就是“官闲不计程”。南京是六朝古都，古刹林立。南朝四百八十寺，他都还没有仔细看过，且去尽情登览。秋日黄昏，水色清澄，山光起人思致。

在他跌宕起伏的一生里，激进昂扬都不少见，这样安静的小诗却不多。

清·樊沂·高松峭壁图轴

秋水寒山之中，小人儿拄杖登山，正要去往高处的山寺。

水宿闻雁

唐·李益

早雁忽为双，惊秋风水窗。

夜长人自起，星月满空江。

9月14日

如果问“古诗词美在哪里”，想要笼统地回答并不简单。不过，如果要举出美丽的作品为例，这一首当之无愧。秋天了，一双大雁飞来了。人在屋子里，临着窗儿，听风听水，看着它们。夜太长，屋里的人儿睡不着了。他再度望向窗外，大雁早已飞走，空荡荡的江面上，只有一片星月清光。

如此安静，如此惆怅。秋意和孤独，使人神骨俱静。

◆ 水宿：指在舟中或水边过夜。

清·边寿民·芦雁图册·二

一双大雁缓缓游过了芦苇丛。

十五夜望月寄杜郎中

唐·王建

中庭地白树栖鸦，

冷露无声湿桂花。

今夜月明人尽望，

不知秋思在谁家。

9月15日　中秋

这是唐人咏中秋月的名篇。月光明亮，人所共知。亮到什么程度？低头但见满地银白，仰头又见树上栖鸦，历历可数。这一夜，作者久久伫立，直到露水打湿桂花。望月的人必定很多，但谁是抱着愁思去看月亮的呢？这是个没有答案的问句，可我们猜到，大概是落在他自己心上了吧。

茫茫人海之中，独自看月亮，这一年的中秋节，诗人应是未能与亲友团圆。

◆ 思［sì］：愁思。古代汉语中，此字表达“愁、悲”等意思时，读去声。

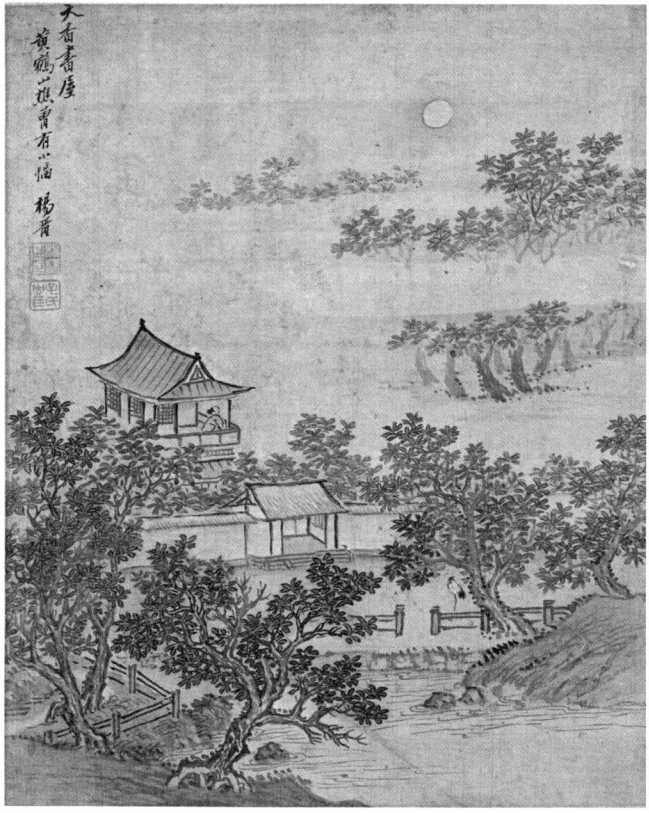

清·杨晋·仿古山水图册·七

高楼上，轩窗中，圆月下。小人儿独自仰首。只有一只仙鹤，在右下角陪着他。

汉江临泛

唐·王维

楚塞三湘接，荆门九派通。

江流天地外，山色有无中。

郡邑浮前浦，波澜动远空。

襄阳好风日，留醉与山翁。

9月16日

我们反复说过，大诗人往往有好多不同的笔墨，这是由其能力决定的。此诗一改沉静内敛的典型面貌，写湖北襄阳汉江景色，豪纵开阔，通篇带着风起云涌之势。首联大开大合，整个荆楚地区被山水之势笼结在一起，成了一片苍茫广阔的大地。颔联紧承首联而来，第三句承第二句，说九脉汇流的江水，无远弗届；第四句承第一句，说江在近处，山在极远处，若有若无。四句合一，是一片天长地阔的浩瀚景象。

远眺就此结束，颈联又把视野收到近处。江水浩荡，城市仿佛漂浮在水上；江流汎澜，天空好像也为之摇荡。虽然稍稍具体，气势仍旧不输。到结句直抒胸臆：这里的风景实在太好了，真想起古人于地下，和山简一起大醉一场啊。

◆ 三湘：今洞庭湖南北、湘江一带。

◆ 九派：长江在湖北、江西一带分为很多支流，因以九派称这一带的长江。

清·文点·荆楚诗意图册·秋江泛艇

所谓荆楚，即今日两湖一带，也正是“楚塞”“荆门”所在的地方。江面宽阔，云气蒸腾，许多小船儿里，定有许多小人儿。他们都在珍惜“好风日”，尽情遨游。

吹笛

唐·杜甫

吹笛秋山风月清，谁家巧作断肠声。

风飘律吕相和切，月傍关山几处明。

胡骑中宵堪北走，武陵一曲想南征。

故园杨柳今摇落，何得愁中曲尽生。

9月17日

对自己有要求的作者，都会反复锤炼技艺。杜甫就是一位技术至上的诗人。本篇用了一种“分承”之法，或者可以理解为律诗里的总分结构：第一句说“风月清”，三四两句就分别以风与月开头。风把笛声送远了，曲子大约是《关山月》。笛声让人想到历史，也从历史回到现实——唐王朝的战乱平息了吗？没有。到最后笛曲一变，换了《折杨柳》，又使作者想起家乡。

李白的《春夜洛城闻笛》后两句是：此夜曲中闻折柳，何人不起故园情。可见这首曲子，在唐代相当流行。

怎样，是否感到知识是普遍联系的，体会到了融会贯通的快乐？

元·盛懋·沧江横笛图轴

水畔风中，石上树下，有人吹起了笛子。

题金陵渡

唐·张祜

金陵津渡小山楼，一宿行人自可愁。

潮落夜江斜月里，两三星火是瓜州。

9月18日

优美的东西并不总让人喜悦，有时它也唤起哀愁。行将渡江，暂居山楼，张祜看到了渡口清寂的夜色。“可愁”，是说眼前的风景足以唤起愁思。但这愁并不强烈，只使人安静，而不至于痛苦。他从长江南岸眺望北岸，目送着潮水在月色中缓缓落下，又于微茫光线中看见远处的几点灯火，心里知道那就是瓜州。

这是一个深夜不寐的游子。看风景之余，或者他也在思念着什么。

◆ 金陵渡：在今江苏镇江，不在南京。

◆ 山楼：山间楼阁。

◆ 瓜州：在今江苏扬州。

元·盛懋·秋江待渡图轴

一江两岸，是元画经典面貌。左下角的行人，等着右上角的船儿过来摆渡。对岸的水驿却在画面之外了。

秋夜寄丘员外

唐·韦应物

怀君属秋夜，散步咏凉天。

空山松子落，幽人应未眠。

9月19日

人类的情感世界极为丰富，淡淡的思念未必不动人。只是一个“此时此刻，你在做什么呢”的简单问题，却要慢慢悠悠地说出来。“这个秋夜里，想起了你。我在凉思中散步咏诗，这凉风应该也吹到了你住的山里。松子落下的声音很清晰吧？你应该没有睡着吧？”

全篇落笔非常克制，气氛宁静而隽永，但思路清晰：因为凉风，想到它可能吹落松子；因为松子落下的声音，想到对方可能听得见，睡不着。

◆ 属［zhǔ］：正当，恰逢。

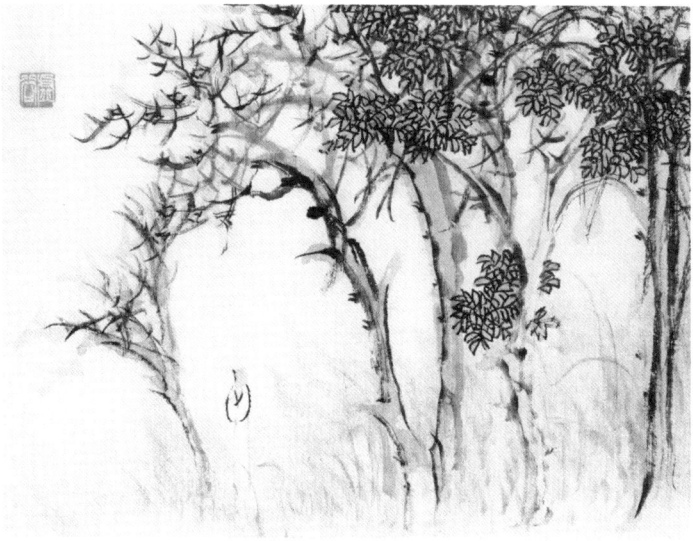

清·虚谷·山水册·二

秋天了。树叶黄了。林木疏了。野草长了。小人儿在林中，“散步咏凉天”。

山居秋暝

唐·王维

空山新雨后，天气晚来秋。

明月松间照，清泉石上流。

竹喧归浣女，莲动下渔舟。

随意春芳歇，王孙自可留。

9月20日

这是一首很简单的诗，我们又见到了那个安静如画的王维，他的世界里好似只有一片风景。但细看这风景并不全然安静，它是摇曳多姿的。

此前说过，读律诗要注意动词的位置。颔联的“照”与“流”安顿在最后，便显得沉静轻灵。可颈联有了变化。“归”与“下”移到了句中，静寂已被打破。有什么声音响起来了，什么物事移动了，吸引了我们的目光。可这偏偏是个倒装句，需要猜一猜谜。先听到竹子摇动，才知是浣纱女归家去；先见着莲叶摇动，方见小船儿从叶底划出来。原来“人”，是这样巧妙又不动声色地走进画面中的。

请设想一下，若改为平常顺序，这句话将变为“浣女归喧竹，渔舟下动莲”。啊，太笨拙，太鲁莽了，简直辜负了这片好山水。

明·邵弥·山水图册·一

“清泉石上流”。

题桃树

唐·杜甫

小径升堂旧不斜，五株桃树亦从遮。

高秋总馈贫人实，来岁还舒满眼花。

帘户每宜通乳燕，儿童莫信打慈鸦。

寡妻群盗非今日，天下车书正一家。

9月21日

草堂门前有五株桃树。本来，通向屋里的路是直路。如今被树遮断了，也任由它。这些树多么可爱啊！秋天结了果，是穷人充饥的恩物；春天开了花，又让人心情愉快。要爱护飞到屋里的乳燕，也要善待乌鸦，不要赶走它们。

杜甫有一颗仁心。他但愿桃树好好长大，乌鸦燕子自在飞翔，人民能够平安顺遂地生活。他盼着大家都好，希望战乱后的国家能重新凝聚起来。

◆ 从：任凭，任由。

◆ 慈鸦：传说乌鸦能反哺，故称为慈鸦。“儿童莫信打慈鸦”，是劝告孩子们不要随便驱打乌鸦。信，任意。

◆ 寡妻群盗：群盗杀人，使人间多了很多寡妇。

◆ 车书：《礼记·中庸》有云：“今天下车同轨，书同文。”意思是车乘的轨辙相同，书牍的文字相同，表示文物制度划一，天下一统。

（传）明·仇英·蟠桃仙会图卷（局部）

画中有一群女子，正在努力摘桃子。这类传为仇英等名家所作的青绿山水图卷，有很多作品留存后世。其实往往是明清时期苏州地区的绘画作坊出品，带有明显的商业目的。

听蜀僧濬弹琴

唐·李白

蜀僧抱绿绮，西下峨眉峰。

为我一挥手，如听万壑松。

客心洗流水，余响入霜钟。

不觉碧山暮，秋云暗几重。

9月22日

此诗全篇都带着风势。这位挟琴下山的蜀僧，仿佛从高山上飘飞而下；弹起琴来，又好比满山松树在风中婆娑作声。这琴声如流水洗净了人心，且远远回荡，与黄昏的山寺钟声相互呼应。曲终之际，听众才惊觉天色已晚，黯淡的秋云满布天空。

李白的比喻清新动人。说琴声像万壑松声，不只模拟了古琴曲的音色，更仿佛声音在一瞬间里响彻了群山。他的句式也跌宕可喜。“客心洗流水”，分明是说听众的心像被流水洗净。这里用了倒装句法，“洗”的动作猛然凸显，分明衬托出了音乐净化心灵的力量。

这位大师弹了什么曲子呢？是《风入松》，还是《流水》？今人不妨放纵想象。

◆ 绿绮：传说是司马相如的琴。司马相如是蜀人，诗里弹琴的和尚也是蜀人，仅此一处，便可看出作者用典的匠心。

清·上睿·携琴访友图卷

碧山锦水之中，有人带着琴过桥去，正准备对着朋友演奏一曲呢。

秋分

初候，雷始收声。

随着天气系统的变化，动荡不安的大气层渐渐趋于稳定。打雷之类的事情少了。

秋分，意味着秋天已经过去了一半。度过这昼夜平分的一天后，夜晚就要慢慢拉长。

二候，蛰虫坏户。

虫子开始做蛹，准备过冬。

物候系统关心的范围很广，飞禽、走兽、虫鱼、草木，每一类事物的变化都值得关注，而人，就渴望在这永恒的变化里总结经验，找到规律，把它一代一代地传递下去。

三候，水始涸。

自然界的水，本来在地球上循环不休。可秋日雨少，江河湖泊看起来趋于枯涸。

记叙文字简单平直，需要诗人的妙手来点化。孟浩然会说：『水落鱼梁浅，天寒梦泽深。』

晚晴

唐·杜甫

返照斜初彻，浮云薄未归。

江虹明远饮，峡雨落余飞。

凫雁终高去，熊罴觉自肥。

秋分客尚在，竹露夕微微。

9月23日　秋分

秋分了。秋天已过去一半。大历元年（766）秋天，也正是创作出《秋兴八首》的那个年头，杜甫身在夔州，苦苦思念长安。他也想看看风景，好好欣赏一下半晴半雨的峡江景色。然而大雁已经高飞，山中的动物们都已经贴上秋膘准备过冬。自然界骤雨初晴，云蒸霞蔚，规律地运行着，连动物都知道应该为下个季节做好准备。

只有他还在异乡作客，回不了家。从黄昏熬到夜里，从春初等到秋天。

◆ 江虹明远饮：彩虹横跨在江上，好像在下垂吸水。

◆ 客：作者自指。

明·孙克弘·销闲清课图卷·十（局部）

画中有竹林中的小屋，也有主客相向作揖。正是诗中末句意思。

望洞庭湖赠张丞相

唐·孟浩然

八月湖水平，涵虚混太清。

气蒸云梦泽，波撼岳阳城。

欲济无舟楫，端居耻圣明。

坐观垂钓者，徒有羡鱼情。

9月24日

农历八月正是公历九月。这是一首向高位者表达心愿的诗。诗题中的张丞相，当为张九龄。开元二十五年（737），他由右丞相被贬为荆州长史。

孟浩然把洞庭湖写得汪洋如海，气势雄强，好像一片能够大展身手的天地。他想要越过这片汪洋，苦于没有船儿来摆渡；若在盛世里蛰居不出，又深觉有负时代的召唤。他把张丞相比作垂钓的人，希望自己是湖中的鱼，有朝一日能够得到垂青，被他钓起来，就此飞跃龙门。

向上位者投赠诗文，为自己争取机会的行为，在唐代非常普遍，可是这种诗很容易流于猥琐。此篇气度宏大，取譬切近，是一个正面的例子。

◆ 涵虚：天空倒映在水中。

◆ 舟楫：比喻宰辅之臣。《尚书》中有“若济巨川，用汝作舟楫”的话，意思是说，丞相辅佐帝王，就像船和桨帮人渡过大河。诗是送给张丞相的，用这个典故为譬喻，极为恰切。

宋·夏圭·洞庭秋月图轴

截至目前，我们已经在诗与画中见过了许许多多的洞庭湖。孟浩然一生遭际坎坷，科举不中。张九龄虽然帮助了他，可这“涵虚混太清”的湖水，到底没能托着他直上青云。

使至塞上

唐·王维

单车欲问边，属国过居延。

征蓬出汉塞，归雁入胡天。

大漠孤烟直，长河落日圆。

萧关逢候骑，都护在燕然。

9月25日

开元二十五年（737），河西节度副大使崔希逸战胜吐蕃，唐玄宗命王维任监察御史，出塞宣慰。这首诗就是那时所作。这是真正展示王维实力的作品。从长安到边塞，这条长路只是一句话：像飞蓬一般飘离了都城，就随着大雁，来到了胡地。含蓄，干脆，虚实相生。

他看见无风的大漠里，烽烟笔直而上；了无遮挡的黄河上，夕阳浑圆。他要对长官完成宣慰的使命，骑兵却告诉他：都护不在营中，他未曾松懈，至今还在前线。

“直”与“圆”，确实是了不起的形容。它们简单而精准，几乎并不修饰所要形容的对象。放在风景连成一片的江南，这样遣词可谓笨拙；但放在大漠里却非常可贵。它们恰好说明了那里的荒芜与开阔，甚至证明了那里的枯寂：孤烟与落日，仿佛不会变化，亘古如斯。

◆ 居延：在今甘肃张掖县西北。
◆ 征蓬：飘蓬，泛指远行的人。
◆ 候骑［hòu jì］：担任侦察巡逻任务的骑兵。
◆ 都护：官名。为了防卫边境与统治周边民族，唐朝在边境设立了一些都护府。都护府的长官，即为都护。

明·王守谦·千雁图卷（局部）

“归雁入胡天”。

秋时送郑侍御

唐·张祜

离鸿声怨碧云净，楚瑟调高清晓天。

尽日相看俱不语，西风摇落数枝莲。

9月26日

离别是永恒的主题。我们已经读了许多同题作品，有了相当多的知识，知道有些作者喜欢写离去的人，有的更愿意刻画送行者；有些作品直抒胸臆，另一些作品更多的要靠景物烘托，不过，唐诗的面貌极为丰富，还有许多笔法，可能出人意表。

这首诗里，主客两人，出场时间很长，“尽日”。所做的事极简单，“相看俱不语”。离别的这一天，一句话就交代完了。剩下三句要做什么呢？要把烘托的手法用到极致。蓝天白云的大清晨里，孤雁啼鸣，瑟声高响。几朵荷花在西风里凋残。这些意象都在努力点题，也在暗示离别的心情：有一点“怨”，和一点“摇落”。

◆ 离鸿：离群的大雁。

◆ 楚瑟：楚地的瑟声。

宋·佚名·莲池水禽图轴

西风里，莲花已经落瓣。此作旧题为五代南唐时顾德谦所作，实际上应该不是，依风格判断，当为宋代民间画家作品。

将发

唐·李贺

东床卷席罢，濩落将行去。

秋白遥遥空，日满门前路。

9月27日

行旅是一个漫长的过程。读了送别的诗，再来读一读征人独自上路的诗。李贺作诗素来以奇闻名。写一段孤独的旅程，竟然没有使用各种意象来烘托气氛。他只是说：收拾好了行李，郁郁不得志的我终于要出发。高高的秋空底下，是我将要行走的路。谁也不来送我，路上空空荡荡，只有一片白晃晃的日光。

◆ 发：出发。

◆ 濩［huò］落：沦落失意的样子。

清·汪士慎·山水图册·七

木叶丹黄，云白山青，小人儿独自上路。

夜宿湓浦逢崔升

唐·张祜

江流不动月西沉，南北行人万里心。

况是相逢雁天夕，星河寥落水云深。

9月28日

俗话说“伤春悲秋”，这两个季节确实最常入诗。送别和独行之后，客途中也有相逢。

张祜是晚唐著名诗人，此篇极见其功力。第一句说明了时间和地点：就要西沉的月亮照在平静无波的长江上。这句诗暗示作者一夜未眠。第二句解释原因。为什么没有睡呢？因为南来北往的行客在此相遇了。他们从万里之外来，或者要到万里之外去。天地阔大，道路无尽，偶然相见，十分难得，必然要说说这万里路上的心情。

“况是”，第三句推进一层。这场相逢，是在秋雁高飞的夜晚，归家的大雁反衬着两个回不去的人，他们的心情只会更落寞。大雁走后，长谈过后，天已近明。满天星斗都黯淡了，远方只是一片云水相依。

◆ 湓浦：地名，在今江西九江，临近长江。那也是白居易遇见琵琶女，写下《琵琶行》的地方。

清·黎简·山水图册·八

两个小人儿相见了——在沉沉的江水畔，在一轮明月下。

野老

唐·杜甫

野老篱前江岸回，柴门不正逐江开。

渔人网集澄潭下，贾客船随返照来。

长路关心悲剑阁，片云何意傍琴台。

王师未报收东郡，城阙秋生画角哀。

9月29日

此诗作于唐肃宗上元元年（760）秋天。当时安史之乱尚未平定，长安附近均未光复。杜甫身在乡关，心在庙堂。眼前是曲曲折折的江岸，忙忙碌碌的商人和渔夫。剑阁奇险，出蜀艰难，他无法回到家乡；他像天空中的一朵孤云，停在琴台上空，不能离去。又是一个新的秋天了，还没有胜利的消息传来。只有角声久久回荡在城市上空，吹得人满怀哀伤。

◆ 回：曲折。

◆ 剑阁、琴台：都是四川地名。剑阁是入蜀的栈道，琴台为司马相如和卓文君当垆卖酒之处。

◆ 东郡：长安以东的地方。

◆ 城阙：指成都。至德二年（757），升成都为南京。

清·罗聘·剑阁图轴

这是清人想象中的剑阁。

秋扇词

唐·刘禹锡

莫道恩情无重来，人间荣谢递相催。

当时初入君怀袖，岂念寒炉有死灰。

9月30日

用扇子的命运譬喻人的命运，是古代诗人的一大发明，最初也许出自西汉班婕妤《怨歌行》。她说，夏天的扇子很有用，像受宠的自己一样。可她知道帝王的宠爱并不长久，譬如有一天入了秋，扇子没有用了，就会被主人扔在箱子里忘记。

此诗也借秋天的扇子来讲人情冷暖的现实，但比《怨歌行》意味更加深长。前两句说，秋天了，我暂且派不上用场了，可明年还有夏天。“风水轮流转”，目光不要过于短浅，急着把我抛弃。这仿佛是扇子劝人的话。后两句说，可是刚到夏天，被你笼在袖子里，久久相伴时，我这把扇子，却也不曾想到还有凛凛寒冬，那时可能会被你扔进炉子里烧成灰呢。这又仿佛是扇子的自嘲。

夏天的扇子，冬天的扇子，可以譬喻多少人的聚散离别。

◆ 荣谢：繁荣和凋谢。

明·唐寅·秋风纨扇图轴

秋扇的意象深入人心。像唐寅这样的文人画家，当然也有诗心。他笔下的姑娘，紧紧擎着那一柄长扇子。是在向历史典故致敬，也是在为自己的命运发出悲慨。

秋词 · 其二

唐 · 刘禹锡

山明水净夜来霜，数树深红出浅黄。

试上高楼清入骨，岂如春色嗾人狂。

10 月 1 日

秋天的颜色是什么样的？倘若天气晴爽，便是一片通透，能见度极高，“山明水净”。一夜秋霜后，几棵秋树抢先变作深红色，在浅黄的伙伴中分外显眼。登楼一望，万物明净澄澈。刘禹锡说，这秋色比春光更可爱，它不诱人迷醉，但能使人精神振拔，豁然开朗。

《秋词》共有两首。其一是脍炙人口的“自古逢秋悲寂寥，我言秋日胜春朝”。喜欢秋天的诗人未必少，可刘禹锡公然站出来，抢先说了，成了第一个把女人比作玫瑰的天才。事实上，我们应当有这样的认识：文学欣赏是趣味问题，也是水平问题。在一定水平线以上，大家的能力并不悬殊。在作诗这个比赛项目上，有时只看谁先跑出一步，先把那个“人人心中所有，笔下所无”的好意思写出来。

◆ 嗾［sǒu］：教唆，唆使。

清·汪士慎·山水图册·二

“数树深红出浅黄”。

咏怀古迹五首 · 其一

唐 · 杜甫

支离东北风尘际，漂泊西南天地间。

三峡楼台淹日月，五溪衣服共云山。

羯胡事主终无赖，词客哀时且未还。

庾信平生最萧瑟，暮年诗赋动江关。

10月2日

《咏怀古迹》是一组吊古伤今的诗，这一首是凭吊南北朝文人庾信的，所谓“古迹”，可能是他的故居。庾信本是南朝梁时人，流落北朝，不能回到故乡；正如杜甫漂泊蜀地，不能回到长安。

因此开篇就用了对偶，以“东北”“西南”属对，写出孑然一身，在天地间飘荡游离的命运。这是他们两人共同的命运。安史之乱以后，杜甫辗转长安、鄜州、凤翔、华州、秦州，经同谷入蜀，住成都五年，然后经梓州、阆州、云安而至夔州。我们要认识到，这两句诗一点也没有夸张。它的沉郁和悲壮，完全基于事实。

“西南天地间”，山高水深。日月流逝，无法还朝，杜甫只能与服饰不同的异族人民共处边陲。他深知乱臣贼子必定没安好心，却徒然感时伤世，无力还家。因此颔联、颈联，几乎是舍庾信而自抒胸臆了。作此诗时，他已经四十余岁，在古人的世界里，确实已经趋近暮年。如同暮年的庾信，徒然以《哀江南赋》出名；杜甫觉得自己一生的抱负都没有施展，只是白白留下了无数震撼人心的诗篇。

明·宋懋晋·杜甫诗意图册·一

“五溪衣服共云山”并不易画，所以图中只是“三峡楼台淹日月”。高高的山上，有高高的栈阁和平台；低处一片流水，树枝树叶渐渐染上了秋色。

晚次鄂州

唐·卢纶

云开远见汉阳城，犹是孤帆一日程。

估客昼眠知浪静，舟人夜语觉潮生。

三湘衰鬓逢秋色，万里归心对月明。

旧业已随征战尽，更堪江上鼓鼙声。

10月3日

这首诗作于安史之乱前期。卢纶是河中（今山西蒲县）人，于天宝末年中进士。未及出仕，家园已遭战火。此时，他浮家泛宅，沿长江逆流而上。俞陛云《诗境浅说》曾言，“作客途诗，起笔须切合所在之境，而能领起全篇，乃为合作”。意思是说，写行旅，一定要避免空谈，切中实地实景，为下文铺好线索。这篇就是一个很好的例子，开头就说，江上云雾散开，汉阳城已近在眼前，听来使人充满希望。可没想到望着近，走着远，还要一天才能到。这就完美地解释了诗题，说明了为什么这一晚要先在鄂州停泊。同时，全篇的情绪也因这一番先扬后抑而决定下来。

作者一定在水上漂流已久，有了很深切的经验。他见到商人大白天在船上打盹，便知道一定风平浪静；听到半夜里船夫交谈，便知道一定是夜潮涨起来了，他们在互相提醒。这两句不仅是切实的描写，也在交代时间的变化。“远见汉阳城”的白日，已变为停泊在鄂州的夜。并且，作者显然没有睡着。诗篇由此从实入虚，从景到情：湘江地区笼罩在秋天的气息里，这气息和他渐渐凋残的双鬓呼应着；月光笼罩一切，也照亮了他的孤独。他已经没有家了，忧愁不已。可战鼓还在作响，将要让更多的人无家可归。

清·樊圻·山水册·四

一带城墙，几片人家。许多船只依次停泊。远处云雾渐散，水波上漂荡着一只孤独的小船儿。它还要走许多路，才能行驶到城边。

瑶池

唐·李商隐

瑶池阿母绮窗开，黄竹歌声动地哀。

八骏日行三万里，穆王何事不重来。

10月4日

周穆王是西周第五位帝王，他拥有八匹骏马，“肆意远游”，曾经到瑶池与王母相会。神仙传说自古如此，可现代人读它，多半不信。

李商隐不但相信这样迷离惝恍的故事，还要替故事里的人物抱屈：西王母的爱情，就这样无望地结束了吗？明明有日行三万里的宝马，周穆王居然就这样残忍，不肯再去看她吗？

这些问题说明了周穆王传说的悲剧内核。那么，我们也来问一问。李商隐为什么如此懂得悲剧呢？他可曾像西王母一样，经历过绝望的等待？又或者，他也可曾是某位女子心中的周穆王？

◆ 阿母：即王母。

◆ 黄竹歌：穆王南游时，曾作《黄竹歌》三章以哀民。这里是说，歌声犹在民间传唱不休，可穆王却再也不出现了。

清·改琦·列女图册·王母瑶池

清人笔下的王母娘娘，居然如此清秀窈窕。

雁门太守行

唐·李贺

黑云压城城欲摧，甲光向日金鳞开。

角声满天秋色里，塞上燕脂凝夜紫。

半卷红旗临易水，霜重鼓寒声不起。

报君黄金台上意，提携玉龙为君死。

10月5日

李贺作诗以奇出名。若先知道这一点，便不必急着分析诗篇奇在何处。先来问一个问题：诗里的战争，是胜是败？或者说，赢面如何？

我想大家都有答案。何以塞上的泥土都染上了紫色？那是鲜血的颜色。何以红旗半卷，鼓声不起？那是乱军恶战后的惨状。何以要用荆轲易水的典故？那是一去不还的自觉。

先弄明白这一切，再看“黑云压城城欲摧”，才知道实景之外，它还是一层隐喻。“甲光向日金鳞开”的开战时刻，又与“提携玉龙为君死”的壮烈结局相互照应。再然后，你才知道“黑”“金”“紫”“红”这些字眼，并不是为了让诗篇更美丽。毋宁说，作者故意利用色彩追求一种触目惊心的效果，要让我们知道战争的残酷，生死的无端。

◆ 玉龙：比喻宝剑。

（传）南宋·刘松年·中兴四将图卷（局部）

“提携玉龙为君死”，虽然壮烈，却也残酷。古画不常表现这样的场景。不过，在忠臣像的绘画传统里，仍能找到带剑的将军。图中较为高大的人物，是北宋末年至南宋初年的抗金名将韩世忠，矮一点儿的，是他的侍从。他们佩带宝剑，昂然挺立在画上；而韩蕲王的英烈故事，与岳家军一样，流传至今。

望喜驿别嘉陵江水
二绝·其一

唐·李商隐

嘉陵江水此东流，望喜楼中忆阆州。

若到阆中还赴海，阆州应更有高楼。

10月6日

有些诗只写眼前，但可以小中见大；有些诗越写越远，要教人跟作者一块儿，在几十个字里远度关山。望喜驿在四川昭化县南，嘉陵江流经此地，折而向东，经过苍溪县，流入阆州，再经渝州，汇入长江，直至入海。

李商隐在望喜驿站看着江水，便想到它会流向阆州。他也知道它过了阆州，还会流向大海。若人在阆州，还想目送江水，又该如何呢？没关系，那儿也一定和这儿一样，有足供登临的高楼。这是一首孤独的诗。他不送人，只送水，居然不忍相别；他和水一样，奔流漂荡，永远不得休息。

这首诗的写法也很精彩。作者只抓住江水和高楼两个意象，回环往复，竭力陈说。本月还将介绍李商隐更多的作品。多读多想，就将知道：这是他惯用的手法。

清·黄鼎·蜀中八景图册·一

图名为“嘉陵夕照”，黄昏里，嘉陵江水不住奔流。

寒露

初候，鸿雁来宾。

一茬又一茬的大雁向南飞去。人们见到，便又记录，说这一批迟来的是客人。

听起来，久居的人类像是主人，能在定居的土地上一直生活下去。那当然只是错觉。或者，有时候，那是一种『现世安稳』的梦想。

二候，雀入大水为蛤。

古人相信蛤蜊是雀鸟所变。深秋时节，雀鸟不再活跃，而蛤蜊的花纹却与鸟羽相近，人们因此有这样奇妙的联想。

三候，菊有黄华。

七十二候并不额外钟情于『花开的时间』，只在春天记录牡丹，秋天记录菊花。从前的注释者说，菊花太特别了，只有它在秋天盛开。

唐代的诗人会在这时候集体想念陶渊明，并且用诗歌建筑起属于自己的东篱与南山。

晚次宿预馆

唐·钱起

乡心不可问，秋气又相逢。

飘泊方千里，离悲复几重。

回云随去雁，寒露滴鸣蛩。

延颈遥天末，如闻故国钟。

10月7日　寒露

寒露时节已是深秋，游子归乡之心不可遏制。可他还漂泊在千里之外，独自承受着离别的哀痛。大雁飞走了，草虫还在鸣叫。鸣声可听，而家乡的钟声却听不见，使人不自觉地抬头遥望。

此诗艺术水平普通，情感却很真挚。如同反复说过的那样，我们要尊重普通人的作品和感情。

◆ 次：留宿、停留。前些天读了《晚次鄂州》，诗题命名方式与本篇完全相同。

◆ 宿预：古城镇名，故址在今江苏宿迁附近。

◆ 馆：驿馆。

◆ 鸣蛩［qióng］：叫着的蟋蟀。

◆ 故国：故乡。

元·坚白子·草虫图卷（局部）

两只蟋蟀在打架。它们就是古诗中常见的“蛩”。

九月九日忆山东兄弟

唐·王维

独在异乡为异客，每逢佳节倍思亲。

遥知兄弟登高处，遍插茱萸少一人。

10月8日

许多植物都有茱萸之名，古人重阳时插戴的当是吴茱萸。它气息浓烈，人们觉得它能“辟恶气而御初寒”。此日习俗，还要登高、饮酒、赏菊花。这一天，王维厌恨成为“异客”的自己，盼望着与兄弟们生活在一块儿。但他极为巧妙地从对面落笔，说：想着他们大家登高插茱萸的时候，一定也在念叨我，盼望我回去。单箭头的思念，说服力有限。两股力量合抱，才是真正的兄弟情深。

好诗是人人心底所有，笔下难言。“每逢佳节倍思亲”，至今脍炙人口，只因它是普遍的心声。

◆ 山东：华山之东，是今日山西地界。王维的家乡在山西蒲州一带。

清·石涛·山水册·三

看，一幅诗意图。

行军九日思长安故园

唐·岑参

强欲登高去，

无人送酒来。

遥怜故园菊，

应傍战场开。

10月9日

此诗原有小注，说写作时长安还未收复。根据岑参的生卒年，结合当时的历史事件，可知此诗作于安史之乱尚未结束时。长安是唐肃宗至德二年（757）收复的。前一年，他正随军出征。诗是一句一意，由四个彼此相关的想法组成的；而统摄它们的，则是“九日”。

重阳节要登高，诗人勉强打起精神，决定去。要饮酒，可没有人送来。要看菊花，花在故园。而故园，在战火中。作者聪明极了，他不动声色地安排好最后一个意思，让重阳的风俗们把它慢慢引出来。

◆ 送酒：《续晋阳秋》里有个故事，说九月九日，陶渊明没有酒喝，只是坐在菊花丛里摘花赏玩。不久，江州刺史王弘就派自己的下人来送酒给他了。

清·关槐·洋菊图册·五

关槐是一位清宫画家，这套《洋菊图册》，是为乾隆皇帝创作的。又是一年菊花开，承平岁月中，它是美丽的点缀；战乱年代里，它是唤起忧思的因由。

题红叶

宣宗宫人

流水何太急，
深宫尽日闲。
殷勤谢红叶，
好去到人间。

10月10日

宣宗是唐代倒数第五位皇帝。作诗的宫人，是位女性，她没有留下名字。

诗里有两重对比。急急忙忙出宫的流水，走得太快了。相形之下，宫廷中的日子，过得太慢了。快与慢，都是相对概念，它们互相反衬了对方。流水带走了红叶，宫人千叮万嘱，盼它平安地流向人间。那是因为她身在禁锢重重的深宫里，是她的绝望，反衬了它的自由。

传说卢偓参加科举考试时，偶尔来到御沟之畔，得一红叶，上题绝句，即是此篇，他把叶子妥当收置起来。后来，宫中遣放一批宫女，有位韩氏就跟卢偓在一起了。她看到红叶，久久叹息，说：这是我在深宫之中偶然题写的，没想到正是你捡起了它。

明·陈洪绶、陈字·杂画册·八

形态各异的红叶，与秋虫一起，送走又一个季节。

叶落

唐·吴融

红影飘来翠影微，一辞林表不知归。
伴愁无色烟犹在，替恨成啼露未晞。
若逐水流应万里，莫因风起便孤飞。
楚郊千树秋声急，日暮纷纷惹客衣。

10月11日

对于同一主题的不同描写，要注意总结它们异同何在。《题红叶》安静忧伤，《叶落》则分明是一帧动画。它们各有各的妙处。此外，精读历代佳作时，要掌握它们最好的地方；泛读名家别集时，要注意“普通的好诗”，从中总结各家风格。

吴融的诗风清澈匀净，宛转多思，这一首正是一个好例子。他只是在对这片落叶说话。变红了，飘落了，再也回不去了。还带着秋烟，与愁同色；带着露水，像泪一样没有干涸。如果飘到流水上，将会随波万里吧？千万不要趁着风，独自先行。说完这些话，他又补充：在楚地的郊野里，你身后还有无数同伴翻飞而下。它们纷纷扑向了我的征衣。

◆ 林表：林梢。
◆ 晞：干。
◆ 惹：沾惹。

明·陈洪绶·杂画册·一

“楚郊千树秋声急，日暮纷纷惹客衣”。

登高

唐·杜甫

风急天高猿啸哀，渚清沙白鸟飞回。

无边落木萧萧下，不尽长江滚滚来。

万里悲秋常作客，百年多病独登台。

艰难苦恨繁霜鬓，潦倒新停浊酒杯。

10月12日

近体诗的形式，是一种“有意味的形式”，伟大作家懂得利用它来为内容做贡献。杜甫在写重大题材时，往往选用精严的对句，以增加庄重感。此诗写秋日登高，寓家国之思，四联皆对。我们可以想象这首诗像一个队列方阵，每个诗句都像一个士兵，他们迈着整齐划一的步子走过场，造就了肃穆严整的气氛。相反，有些全篇不对仗的作品，哪怕仍是七言八句，也像三五好友随意散步，情绪完全不同。

此诗在杜甫七言律诗中堪称压卷之作。它的句法朴实至极，毫不矫饰。颔联用“无边”“不尽”，写出秋气弥漫，天长地阔；颈联用“万里”“百年”，写出颠沛流离、垂垂老矣，都是极诚实而沉痛的表达。

清·王时敏·杜甫诗意图册·八

这一套杜甫诗意图册，多是设色作品；但这一幅纯用水墨，且多用枯笔，十分干涩，正适合展现肃杀又凝重的秋天气息。一行鸟儿飞了回来，一个小人儿在楼上看着江水。没有颜色的画面，可能也喻示着杜甫沉重的心情。

山行

唐·杜牧

远上寒山石径斜，白云生处有人家。

停车坐爱枫林晚，霜叶红于二月花。

10月13日

李商隐和杜牧都有一种把眼前景色写成诗篇的本领。有些绝句，不用很复杂的修饰，也不一定要表达什么深刻的感受，只是像素描一样，把风景呈现出来。此诗有白云、霜叶，红白相映；枫林、人家，远近相依；“远上”“停车”，动静相生。诗里只说了几句话，我们脑海中却能浮现出满山烂漫秋光。

◆ 坐：因为。

明·陆治·唐人诗意图册·二

看，又是一幅诗意图。

与诸子登岘山

唐·孟浩然

人事有代谢，往来成古今。

江山留胜迹，我辈复登临。

水落鱼梁浅，天寒梦泽深。

羊公碑尚在，读罢泪沾襟。

10月14日

孟浩然的几首五律名作，开头都非常漂亮。这首诗写登山怀古，却以人事代谢起头，开阔而通达，展现出他对往昔的认识：人事变迁与岁月流逝交叠在一起就成为历史，它在这世上留下一些文物遗迹，供当代人观览凭吊，这是一个永不停息的循环。

正是在这个循环里，作者和朋友们一起登上了岘山。时节已是深秋，水枯了，露出了鱼梁；天凉了，云梦泽一片深邃。风景如昔，可当年镇守襄阳、爱民如子的羊公已经不在了，只有一块堕泪碑向后人述说他的功绩。他的人格魅力依然可敬，数百年后，人们依然在这块碑前感激涕零。

羊公的故事，今人可能已经没有什么感觉。可如何看待往昔，理解历史，并认识我们自己的“怀古之思”，却永远是一个很有价值的问题。这首小诗的前半段，也许可以成为思考的出发点。

◆ 鱼梁：在襄阳岘津上。水浅的时候，人们以竹木为梁，用以捕鱼，故名。

清·张风·读碑图扇页

从前的城市范围有限，周遭郊原多有前代古碑，行旅中下马读碑，对古人来说，并非罕事。只不过，他们对碑文的价值有不同的理解。早期多注重史实，至清代开始，碑文的书法趣味，渐渐受到关注，引起了书法史的新变化。

秋兴八首 · 其三

唐 · 杜甫

千家山郭静朝晖，日日江楼坐翠微。

信宿渔人还泛泛，清秋燕子故飞飞。

匡衡抗疏功名薄，刘向传经心事违。

同学少年多不贱，五陵衣马自轻肥。

10 月 15 日

匡衡、刘向都是西汉时人。前者曾经上疏谈论政事，甚得帝心，迁官高位；后者经学深湛，被两位皇帝先后委以讲论和校经的重任。杜甫一生中也有类似他们两人的行为，然而玄宗不重视他的“传经”，肃宗为其“抗疏”而愠怒。这一天，他又像往常一样登上夔州的高楼，看清秋风景，想自己的命运。他漂泊天涯，渐入暮年，壮志未酬，而当年的同学却都鲜衣怒马，志得意满，成了长安城里的富贵人儿。

《秋兴八首》，是杜甫最为重要的联章七律。当时他身在夔州，心系长安，于是诗里也做了这样的安排。时间上自晨至夜，空间上渐渐从眼前实景过渡到对都城的想象和回忆。很遗憾不能在选本中彻底介绍这八首诗，希望大家有机会自己通读它们。

◆ 信宿：原指“连着两夜”，这里指渔船在江上过了夜，渔翁又开始泛舟捕鱼。

明·宋懋晋·杜甫诗意图册·五

小人儿“日日江楼坐翠微”，才能见到“信宿渔人还泛泛”的景象。燕子太小啦，它没有出现在画面中。

马诗二十三首 · 其五

唐 · 李贺

大漠沙如雪，燕山月似钩。

何当金络脑，快走踏清秋。

10 月 16 日

在古代战争中，马的作用很大。文人写瘦马老马，常譬喻怀才不遇；咏赞骏马，则是隐然表达建功立业的期望。李贺希望得到重用，“好马配好鞍”，跑遍大漠燕山。

古人有这样的渴望并不奇怪，可惜形诸笔墨，常常显得卑微而猥琐。本篇短小精悍，痛快爽利，令人击节。

◆ 金络脑：金制的辔头。

元·赵孟頫·人骑图轴

红衣人骑着大马，正在“快走踏清秋”。这是一幅名作，别看它构图简单，结构非常坚实，色彩、线条都坚定有力。这一切都是大画家的功力所在。

乱石

唐·李商隐

虎踞龙蹲纵复横，星光渐减雨痕生。

不须并碍东西路，哭杀厨头阮步兵。

10月17日

阮籍是位至情至性的奇人。他驾车出行时，不走大路。野路走到尽头，无处可去，就“恸哭而返”。他是在反用现实中的道路，譬喻人生之路——走无可走，不知能往何处去。在西晋这样的乱世里，他的眼泪非常绝望。

李商隐看见一堆乱石，先说它们凌乱而有气势，又猜大约是坠落到人间的陨石，为时已久，雨打风吹，身上添了痕迹。然后笔锋一转，开始劝石头：不要堵住所有的路啊，不要让阮籍这样痛苦的人来到这里，只能大哭着回去。

在晚唐这样的末世里，李商隐自己也满怀痛苦，找不到出路。他也许是阮籍的异代知音。

◆ 厨头阮步兵：西晋时，阮籍听说步兵厨营的人善酿，有好酒，就请求去当步兵校尉。所以后人称其为阮步兵，这里又说他是“厨头”。

清·高凤翰·拳石图卷·二

一堆乱石落在水边，横亘在画面中。

润州二首 · 其一

唐 · 杜牧

向吴亭东千里秋，放歌曾作昔年游。

青苔寺里无马迹，绿水桥边多酒楼。

大抵南朝皆旷达，可怜东晋最风流。

月明更想桓伊在，一笛闻吹出塞愁。

10 月 18 日

古人说，有些诗有篇无句，有些则有句无篇。前者是通篇都好，而不见痕迹；后者是于平常世界里突然灵光闪现，写出了人们共同的心声。“大抵南朝皆旷达，可怜东晋最风流”，就是这样的名句。它太过闪亮，把全篇的光芒都遮掩住了。

其实，这是一首非常优美动人的诗。即使在杜牧本人的作品集里，也应该算是第一流的佳作。秋景多衰飒，难得明快清新。怀古常悲哀，更难得如此亲切平和。润州是东晋六朝的江东故地，杜牧在青山绿水之中，抚今追昔，怀念古人的流风余韵。既然南朝人旷达，东晋人风流，那么他也要洒脱一点。他说：虽然废寺已被青苔掩盖，仍有酒楼临水而建。尽管前朝人物都已消逝，他们的精神风貌依然楚楚动人。

所以桓伊吹笛，并不真使人愁。

◆ 润州：治所在今江苏镇江。

◆ 桓伊：东晋的将领与名士，特别擅长吹笛。传说名曲《梅花三弄》即与他有关。此处《出塞》，亦是笛曲的名称。

清·王翚·仿古山水册·一

青山高处有一座寺庙。绿水桥边有几户人家。江山风月楚楚可怜——此处的“可怜”，是“可爱”哦。

秋兴八首 · 其四

唐 · 杜甫

闻道长安似弈棋，百年世事不胜悲。

王侯第宅皆新主，文武衣冠异昔时。

直北关山金鼓振，征西车马羽书迟。

鱼龙寂寞秋江冷，故国平居有所思。

10 月 19 日

四天前，我们读到了《秋兴》组诗的第三首，它刻写了夔州江上的秋日风光，而末句“同学少年多不贱，五陵衣马自轻肥”，则把镜头拉到了长安城里。于是，自这一首起，主要都在怀念长安。这怀念是以悲悯作为开端的：杜甫看到开国以来，那里就是权力斗争的核心。人们像在棋盘上争夺胜负一样持续角力，一代代新贵住进了旧权臣的宅院，文武官员流品越变越杂。况且北有回纥，西有吐蕃，征战未休。国家在内忧外患夹击之下，他却只能僻居江畔，怀抱愁思。

这一篇句句都是史实，修饰不多。也正因此，千年之后，依然容易读懂，也还能够打动人。

◆ 直北：正北。

◆ 羽书：紧急的军事文书。

◆ 故国：故都。

◆ 平居：平日。这句是说，身在夔州，回想起当年在长安时的往事，不胜感慨。

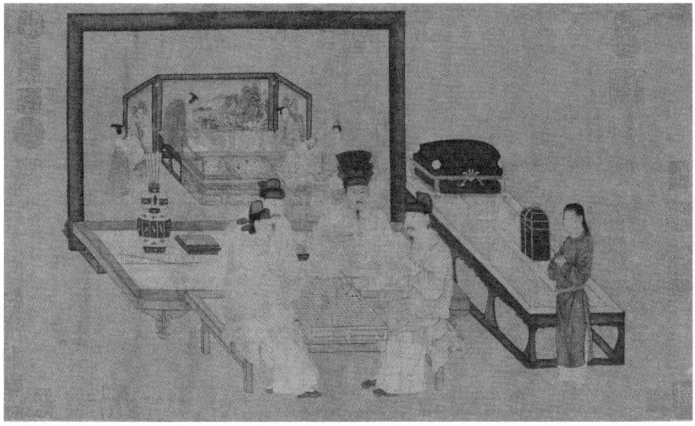

南唐·周文矩·重屏会棋图卷

都城里的争斗，是历史。棋局上的厮杀，是游戏。

秋登宣城谢朓北楼

唐·李白

江城如画里，山晚望晴空。

两水夹明镜，双桥落彩虹。

人烟寒橘柚，秋色老梧桐。

谁念北楼上，临风怀谢公。

10月20日

读律诗，要注意全篇动词的位置和用法。当位置变换错落时，诗篇的动势就多一些，更容易制造“笔挟风雷”的效果。杜甫经常这么办。如果不相信，不妨翻翻已经学过的杜诗，找一找每一句里的动词，看看它们的分布多么富于变化。

如果主要的动词，在每一句的位置都相同，诗句就容易显得板正，不够活泼。李白此诗就有这个问题。“望”“夹”“落”“寒”“老”“怀”，全部落在五字句的第三字。他是怎样解决问题的呢？词性活用是个好办法。“寒”“老”，本身是形容词，说明橘柚有霜色，梧桐渐渐枯黄。但又都在作动词用。仿佛在人烟映衬下，橘柚染上了寒凉的颜色；又仿佛一片秋光，催老了梧桐。全诗因此有了活泛生动的感觉。

◆ 谢公：即诗题中的谢朓。他是南朝诗人，写过“余霞散成绮，澄江静如练”这样的名句，当过宣城太守，建造了一座楼，后来称为谢朓楼，唐代又称为叠嶂楼。

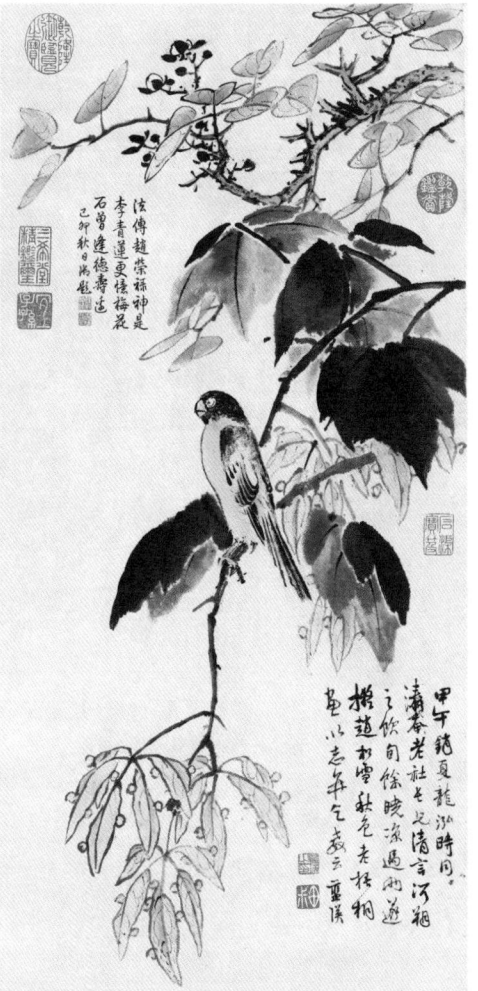

明·蓝瑛·秋色梧桐图轴

“秋色老梧桐”，墨色的叶，丹黄的桐子，衬着背后朱色的乌桕。一只呆鸟静静立在枝头。

夜雨寄北

唐·李商隐

君问归期未有期，巴山夜雨涨秋池。

何当共剪西窗烛，却话巴山夜雨时。

10月21日

绝句篇幅短小，通常忌讳重复，而李商隐偏偏敢写。此刻的“巴山夜雨”，阻隔了两地离人，使他们无法相见；他日的“巴山夜雨”，却将成为一种缠绵缱绻的回忆，因为它是两人彼此思念的证明。

此前讲过，这是李商隐习用的技法。还记得十月六日所读的“嘉陵江水此东流”吗？只读一两首名作，并不能认识到这一点。积累越多，触类旁通就越容易。然后古诗词的世界，就更吸引人。

宋·佚名·秋堂客话图页

看，两个小人儿共对一支明烛。

山中

唐·王勃

长江悲已滞，万里念将归。

况属高风晚，山山黄叶飞。

10月22日

通常作诗，讲究起承转合。可有时篇幅有限，往往意思还没写尽，就已经“合”住了，非常可惜。所以聪明的诗人懂得向外开拓，让小诗具有尺幅千里的效果。这时，四句诗就像登楼一样，每上一级，读者看到想到的都会更多。

长江滚滚，一身留滞。想要回家，家在万里之外。开头两句已经把思乡的意思写尽了。第三句要想站得更高，就得添上一些新意思：更何况思归的季节已是深秋。对于中国古人来说，秋意是一片落叶就能唤起的东西，是几乎无可避免的共鸣。而王勃完全没有浪费第四句，他说：如今，每一座山上的黄叶都在翻飞。

于是，读者们甘心落入他设置好的情境里，替这个落寞又孤独的旅人感到哀伤。

◆ 滞：滞留。

◆ 况属：何况是。

宋·佚名·高阁听秋图页

一片，两片，许多片。小人儿坐在阁中，目送着“山山黄叶飞”。

霜降

初候，豺乃祭兽。

从前的注释者很有想象力。他们说，鹰祭鸟的时候，还是小个子的飞禽开始杀生；到了豺祭兽的时候，就是大个子的走兽开动了。这是因为秋日的肃杀之气渐渐增加。

二候，草木黄落；阳气去也。

草枯了，叶落了，诗人的竞技场开张了。『淮南一叶下，自觉洞庭波』，『况属高风晚，山山黄叶飞』，『楚郊千树秋声急，日暮纷纷惹客衣』……

西风开始唱它最后的歌：花少不愁没有颜色，我把树叶都染红。

三候，蛰虫咸俯。

虫子们准备好了，统统蛰伏着，开始过冬。

枫桥夜泊

唐·张继

月落乌啼霜满天，江枫渔火对愁眠。

姑苏城外寒山寺，夜半钟声到客船。

10月23日　霜降

霜降是秋天的最后一个节气。霜应该落在地上，说“霜满天”，是诗人的想象。空中的霜气，该是江中的水汽，托起了将落的月光吧？

这个漫长的夜晚，暂泊城外，作者分明已经努力睡着了，可“愁眠”又被寒山寺的钟声惊起。自来寺庙暮鼓晨钟，且月落之际，天已向晓。说“夜半”，是因为秋天天亮得太迟。眼前有红的江枫，黄的渔火，又有一片白茫茫的霜露气息。万事万物都在说，这个秋天已经快要结束了。而作者的漂泊还没有尽头。

明·文伯仁·姑苏十景图册·江村渔火

寒山寺在苏州阊门外。张继作诗的时候，或者还不很繁华。到文伯仁作画的时候，苏州已成为最为繁华的商业城市，泊舟阊门外，恐怕已很拥挤，不至于再“愁眠”了。

沧浪峡

唐·许浑

缨带流尘发半霜，独寻残月下沧浪。
一声溪鸟暗云散，万片野花流水香。
昔日未知方外乐，暮年初信梦中忙。
红虾青鲫紫芹脆，归去不辞来路长。

10月24日

许浑造境之美，在晚唐诗人之中罕有其匹。诗意不外乎归隐二字，可“归隐后”的世界，也被他形容得那样漂亮：有鸟声、花影和月光，有好吃的鱼、虾和芹菜。

若非如此，他怎忍心将半生努力一概推翻，说：和今天的生活比起来，昔年的劳碌都是“梦中忙”？

◆ 缨：系在脖子上的帽带。缨带流尘，说的是帽子戴得太久，帽带沾染了人世的风尘。

◆ 沧浪：古代的水名。因《孟子》里有“沧浪之水清兮，可以濯我缨；沧浪之水浊兮，可以濯我足”的歌，后来常用“沧浪”形容远离世事，隐逸江湖。

◆ 方外：世外。

清·查士标·唐人诗意图轴

“柳边人歇待船归”，这句诗题在右上端。柳树下的人等待摆渡，小船儿从远处撑过来。

又呈吴郎

唐·杜甫

堂前扑枣任西邻，无食无儿一妇人。

不为困穷宁有此，只缘恐惧转须亲。

即防远客虽多事，使插疏篱却甚真。

已诉征求贫到骨，正思戎马泪盈巾。

10月25日

此篇约作于大历二年（767）以后。当时杜甫已经居住在草堂，可能又把它让给一位姓吴的亲戚暂住。草堂之前，有棵枣树。有位贫苦的妇人常来打枣。杜甫从不阻止她，可吴郎住进来没多久，就在堂边插上了篱笆。

这首诗非常感人。它全像一篇白话，对吴郎温言劝告：那妇人一定是穷困无助，才指望几个枣子过活的。她来打枣的时候，心里一定很害怕，我们更该亲切些，让她不必难堪。你插篱笆，她或者多心，以为你是要防着她。可你一住进来就做这样的事，倒好像真有其事呢。她已经被官吏搜刮得一贫如洗了——我们看看她，正该想想战乱之中，还有多少人沦为难民，像她一样，甚至连枣儿都打不着？

“老吾老以及人之老，幼吾幼以及人之幼”。杜甫真的有一颗金子般的心。

宋·佚名·扑枣图轴

一群孩子在争相打枣呢。

题破山寺后禅院

唐·常建

清晨入古寺，初日照高林。

曲径通幽处，禅房花木深。

山光悦鸟性，潭影空人心。

万籁此都寂，惟闻钟磬音。

10月26日

十月了，唐诗里的基本常识都已谈过。大家想必都能说出这首诗的对仗形式是“偷春格”：首联、颈联对仗而颔联不对。它没有什么特别高妙的技巧，也不讲特别重要的事，只是摆定了娓娓道来的姿态，把“清晨入古寺”的愉悦细细拆分。只要读者跟着他进了寺门，走到禅房，面临水潭，在钟磬声中安静下来，这首诗就取得了成功。

◆ 破山寺：即今江苏常熟虞山的兴福寺。南齐时，郴州刺史倪德光舍宅为寺。虞山北麓又称“破山”，寺在其中，故名。

元·佚名·深山塔院图页

寺在深山里，高树下。三两行人次第循路入山。

题宣州开元寺水阁阁下宛溪夹溪居人

唐·杜牧

六朝文物草连空，天淡云闲今古同。

鸟去鸟来山色里，人歌人哭水声中。

深秋帘幕千家雨，落日楼台一笛风。

惆怅无因见范蠡，参差烟树五湖东。

10月27日

杜牧的怀古诗篇，有时并不沉重，只是感人。还记得《润州》那一篇，对东晋南朝风流人物深深的致敬吗？这一篇写宣州，又把古今变迁写得通透而空灵。六朝遗迹都湮没了，只剩下秋草连空，天淡云闲。若把时段拉长来看，人的生死，朝代的变迁，都像鸟的来去那样平常。

每一代新人，都在旧人生活过的地方继续生活。他们甚至未必时时意识到时光流逝，自己也将走进历史。而怀古的人什么都意识到了，可什么都说不出来。只有一点惆怅，加上一点对自由的向往，共同飘荡在风风雨雨中。

◆ 六朝：吴、东晋、宋、齐、梁、陈六个朝代。我们学唐诗至今，应该已经意识到，六朝是离唐人不远的时代，他们还熟悉那时的人物与故事，对那段时光投注了很多的怀古之情。

◆ 文物：此词古今异义，这里指礼乐典章。

◆ 人歌人哭：《礼记·檀弓》里，有一段优美的文字，说家园是人们生老病死、寄托感情的地方，大家“歌于斯，哭于斯，聚国族于斯”。

明·蓝瑛·青绿山水图轴

秋山红树之中，小船上有人吹着笛子。岸边大石头上，两人并立眺望，看着这一片古今不变的风光。

沙丘城下寄杜甫

唐·李白

我来竟何事，高卧沙丘城。

城边有古树，日夕连秋声。

鲁酒不可醉，齐歌空复情。

思君若汶水，浩荡寄南征。

10月28日

通常认为这首诗可能作于天宝四年（745）秋天。在那之前，两位大诗人曾经在鲁郡（治所在今山东曲阜市）相聚；从那以后，杜甫去了长安，李白满心寂寞，高卧城中。他对杜甫说：唱歌饮酒都不能排遣相思之情，不如就请河流把它捎带给你。

这是一首受到律诗影响的古体诗。李白的风格非常明显，潇洒、疏放、不计工拙。

◆ 沙丘城：一般认为在今山东境内，但具体地点，诸家说法不同。

清·项圣谟·山水花卉图册·八

“我来竟何事”？小人儿望着流水，若有所思。

野望

唐·王绩

东皋薄暮望，徙倚欲何依。

树树皆秋色，山山唯落晖。

牧人驱犊返，猎马带禽归。

相顾无相识，长歌怀采薇。

10月29日

这是一首进过课本的诗。老师们也许会对大家讲它的朴素和真切，或者讨论作者如何懂得借助意象来传达诗意。但如果你是一个中国古典文学爱好者，读这首诗时，可能会有一点额外的激动。因为王绩（约589-644），是隋末唐初的诗人。在他生活的时代，律诗这种体裁，还刚刚定型，远远称不上流行。

可这分明是一首完美的律诗了。格律谨严，对仗工整，句式富于变化，表意极为完整。如果我们只知道向后看，与盛唐的作品相比，它确实太过朴实无华；可一旦了解从诗经到唐诗的漫漫道路，当会惊异于它在它的时代是那么新奇。

文学、历史，都是一条长河，希望大家记住它总在流淌，万勿刻舟求剑——那样会对不起诗人。

◆ 皋：水边的平地。王绩自号东皋子。

明·杨补·怀古图咏册·二

画面右上方题写着“采薇”二字。我们因此知道，画中的小人儿正是伯夷和叔齐。

暮秋独游曲江

唐·李商隐

荷叶生时春恨生，

荷叶枯时秋恨成。

深知身在情长在，

怅望江头江水声。

10月30日

曲江在今西安城东南部。暮秋独游，看来是满怀落寞。不过，走在一片秋意里，作者似乎也明白了一些事情。既然荷叶荣枯都惹人愁，就不能怪自然界盈虚寒暑变化太快，只是因为人活着未免有情。无可消除的情感，是人生不得不背负的东西之一。这个事实本身就足够怅惘的了，远胜过一年年春去秋来。

读过《望喜驿别嘉陵江水》和《夜雨寄北》之后，读者一定意识到，这首诗的写法，也仍是抓住“荷叶”与“恨”两个要素，反复陈说。

宋·佚名·疏荷沙鸟图页

鸟儿抓着好大一片枯荷叶。这个秋天真的快要过完了。

自江陵沿流道中

唐·刘禹锡

三千三百西江水，自古如今要路津。

月夜歌谣有渔父，风天气色属商人。

沙村好处多逢寺，山叶红时觉胜春。

行到南朝征战地，古来名将尽为神。

10月31日

还记得《望洞庭》吗？那是唐穆宗长庆四年（824），刘禹锡从夔州刺史迁官和州，途经洞庭湖时所作。而这首诗也大体作于同时。诗题说“沿流道中”，是因为从重庆去安徽，要乘船东下。“三千三百”，指水路里程。在路上，他听见了渔父的歌谣，看到了商人的劳碌，还有一片秋色里的人家。他经过魏吴交战的故地——赤壁、江陵、皖城……他看到东吴名将陆逊、甘宁等人，都有祠堂。

与《九月九日忆山东兄弟》相似，这首诗的技巧也在于“对面着笔”：渔父和商人也看到了诗人的迁谫之旅吧？名将至今有人祭祀，然而文人凋落，又有谁知？

◆ 江陵：即湖北荆州，在长江边。

明·赵左·山水图页

“山叶红时觉胜春”。这种青山红树式的秋景山水，有一个悠久的传统。明清艺术家普遍愿意相信，那是唐人的画风。而见过敦煌壁画的我们，不得不说：古人的知识也很广博呢。

捣衣

唐·杜甫

亦知戍不返，秋至拭清砧。

已近苦寒月，况经长别心。

宁辞捣熨倦，一寄塞垣深。

用尽闺中力，君听空外音。

11月1日

冬天快要到了。杜甫悲天悯人，同情那些给丈夫准备寒衣的女子。“亦知戍不返”，她们知道，他们镇守边塞，不可能回来，只能把冬天的衣服寄过去。她们一下一下，用尽全力地捣着衣料，声音响彻夜空。这是绝望的工作，而又如此辛劳。

◆ 捣衣：裁制衣服前的一道工序，将材料铺在砧板上，用木棒捶打，使之柔软。

◆ 戍：军队驻守。

明·唐寅·山水人物图册·四

画中的姑娘正在捣衣。

菊

唐·李商隐

暗暗淡淡紫，融融冶冶黄。

陶令篱边色，罗含宅里香。

几时禁重露，实是怯残阳。

愿泛金鹦鹉，升君白玉堂。

11月2日

李商隐极其擅长咏物。在他的作品中，这一篇实在不算高明。好处只在两点：一、擅用叠字；二、不落于颓唐。紫菊花色暗，黄菊花色明。若作直笔描写，便无余味。叠字重复，既多了些轻俏活泼，又显得花儿开得很密，是一丛又一丛的紫和黄。怕菊花禁不起风露，开不了多久，很有些忧愁的意味。可结尾转向了及时行乐，使气氛欢乐起来：既然花总要谢，那就趁着它开放的时候，尽情饮酒，好好珍惜。

◆ 陶令：指东晋诗人陶潜。他喜爱菊花，留下了“采菊东篱下，悠然见南山”的诗句。

◆ 罗含宅里香：《晋书》里有个故事，说罗含品德高尚，退休回家后，院子里忽然“兰菊丛生”。大家都认为这是为他的德行所感。

◆ 金鹦鹉：用鹦鹉螺做成的酒杯的美称。

◆ 白玉堂：富丽华贵的居所。

清·陆恢·蛰庐艺菊图轴

小人儿背着手，正看童儿给菊丛浇水呢。紫也有，黄也有，陶令篱，罗含宅，一一都在画中。

八阵图

唐·杜甫

功盖三分国，名成八阵图。

江流石不转，遗恨失吞吴。

11月3日

五言绝句如此短小，却能用以寄托思古之幽情，这是真正的大手笔。前两句作对仗处理，以小小的军事阵图，对三分天下的丰功伟绩，分明是在评论诸葛亮的历史地位。

蜀汉至唐六百余年，江水朝夕淘洗，石阵岿然不动。后两句说：它们好像还在述说诸葛亮的遗志，为没能吞灭吴国而久久地遗憾着。这又是在对历史人物寄予同情。

◆ 八阵图：由天、地、风、云、龙、虎、鸟、蛇八种阵势组成的战图。是诸葛亮所创。传说共有三处，杜甫所咏的一处，遗址在夔州西南永安宫前的平沙上，阵为石子布成，濒临江水。

（传）元·赵孟頫·诸葛亮像图轴

元人想象中的诸葛亮形象如此。可我们不知道此图究竟纯出于创作，还是有更早的图式传统可资参考。要知道，绘画得益于传统的，并不比诗歌少。“图式”的分量，至少与“典故”相同。

寄扬州韩绰判官

唐·杜牧

青山隐隐水迢迢，秋尽江南草未凋。

二十四桥明月夜，玉人何处教吹箫。

11月4日

韩绰是杜牧在扬州时期的朋友，从诗意来看，他们两人关系很不错，到了可以互相开玩笑的程度。

全篇先写扬州暮秋风景，极为凝练，似乎放在整个南方都很适用。“秋尽江南”这一句，历来有“草未凋”与“草木凋”两种版本，而以“未凋”为好。因为草还绿着，便与青山流水相适配；更与这首诗明澈清新的基调相符合。随后接上一个充满遐想的问句：在月照流波的水乡之夜，韩绰，你这美人儿在哪里教人吹箫呢？

句子多么漂亮啊，而温馨明丽之余，又带着一丝调皮。

◆ 二十四桥：有两说，或指水乡上的二十四座桥，或指一座名叫“二十四桥”的桥，都通。

◆ 玉人：传说春秋时期秦国有位擅长吹箫的人叫作箫史，秦穆公的女儿弄玉很爱慕他。箫史教弄玉吹箫，箫声很像凤凰鸣叫的声音。后来凤凰来到了他们家中，他俩便随凤凰一同离去了。

明·唐寅·吹箫仕女图轴

雍容富丽的吹箫女子，或者也是谁心中的玉人呢。

客中行

唐·李白

兰陵美酒郁金香，

玉碗盛来琥珀光。

但使主人能醉客，

不知何处是他乡。

11月5日

自此诗出，兰陵美酒的原产地就有许多种说法，不过一般认为是在山东峄县。大家都争抢“自古以来的著名品牌”，可见名篇多么深入人心，不但影响了文学传统，也影响了我们的现实生活。

读诗务须注意细节。客游之中，唯愿尽情一醉，所以竭力描写酒有多诱人，而李白其实并没有醉成：既说“但使”，就只是个愿望，盼望着走进醉乡，忘记身处他乡。

清·苏六朋·太白醉酒图轴

许多艺术家想象过李白的醉态。这一幅尤其动人。诗人的醉眼还未合拢，白衣飘飘，风姿俊朗。两位内侍身着皂色服装，竭尽全力架住了他。

宿骆氏亭寄怀崔雍崔衮

唐·李商隐

竹坞无尘水槛清，相思迢递隔重城。

秋阴不散霜飞晚，留得枯荷听雨声。

11月6日

这首诗特别清楚，却又含蓄。在一个阴天的傍晚，作者独居于竹坞水槛。风景清美，可寂静无人。明言“相思迢递”，奈何分隔两地无从见面。于是他抬起头来，看看天，黄昏时秋色已深，天色阴沉，霜露渐下；看看水面，枯荷还在，预备迎接秋雨，奏起乐声。明明只是阴天，为什么诗写到最后，忽然响起了秋雨的鼓点呢？原来作者是在暗示，这个黄昏早已过去了，直到雨落的夜晚，他也没能睡着。

“一切景语皆情语”，枯荷暮雨与相思之情，好似一体两面。

◆ 崔雍、崔衮：他们的父亲崔戎，是李商隐的表叔。所以他们二人都是李商隐的从表兄弟。

◆ 水槛[jiàn]：临水的栏杆。

◆ 迢递：这是唐诗常用的形容词，在不同的诗句里，意蕴略有不同。此处有思虑悠远的意味。

宋·佚名·鹡鸰荷叶图页

天色阴沉，枯荷上停着一只小鸟儿。